魔《ま》女《じょ》だったかもしれないわたし

キーディの物語

Keedie

Elle McNicoll

エル・マクニコル 著

櫛田理絵 訳

PHP

1

ようこそ、歴史《れきし》あるスコットランドの小さな村、ジュニパーへ。

この村には、長い歴史《れきし》があるだけじゃない。いじめっ子もいる。

ちょうど、この先の川のほとりに三人。木の上からだとよく見える。でも、あいつらからは、あたしの姿《すがた》は葉っぱに守られて見えない。

紅葉《こうよう》のはじまった木の葉は、枝《えだ》をはらりと離《はな》れ、地面に落ちて朽《く》ちていく。

でも、あたしは落ちない。

枝《えだ》をしっかりにぎってるから。ただし、この水の入った銃《じゅう》をあやつるには、両手が必要だ。ずっしりとしてばかでかい、水でっぽうの大親分。中は冷たい水が満タンだ。

あいつらの、わざとらしい笑い声が響《ひび》き、水でっぽうを構《かま》える手に力がこもる。見てろよ。うわべだけの偽善者《ぎぜんしゃ》たちめ。あたしはあいつらに照準《しょうじゅん》を合わせた。

いい子ぶるやつらはきらいだ。しかも、あいつらは、親友のボニーに悪さをした。

ここ、リース川のほとりは木々《きぎ》が生い茂《おしげ》っているため、村のにぎわいから近いわりにはひっそりとしている。

今、村の人たちは、村の創立《そうりつ》記念祭に向けた準備《じゅんび》に追われていて、お店の人もほかのお客さんの相手で忙《いそが》しく、あたしが特大の水でっぽうを買っても、気にもとめなかった。

ねらいを定めていると、あいつらのひとり、スペンスがまた下品な笑い声をあげた。

発射《はっしゃ》。

冷たい水は、スペンスの顔のど真ん中に命中。ヒッと声をあげ、ぼうぜんとするスペンス。残りのふたりが木の上を見上げ、あたしに気づいた。

「え？　ダロウ？」

スペンスといちばん仲のいいジャックが目を細め、ぎょっとした顔であたしを見る。いっしょにいるもうひとりは、はじめて見る顔だ。

だれにしろ、連中の仲間はきらいだ。だから、つぎはそいつの顔をねらった。

そうこうするうちに、三人ともずぶぬれになった。氷のように冷たい水をペッペッと吐《は》きながら、寒さに凍《こご》えている。でも、あたしは攻撃《こうげき》の手をゆるめない。

「おい、なんのつもりだよ？」

スペンスが攻撃《こうげき》から身を守ろうと、両うでを盾《たて》のようにし、キンキン声で叫《さけ》ぶ。

あたしは木からさっと飛《と》び降《お》りた。着地した瞬間《しゅんかん》、足元の地面がぐらっと揺《ゆ》れた感じがした。

前にボニーがいってた。村で買い物をしてたら、三人組が前に躍《おど》り出《で》てきて、ボニーをこわがらせておもしろがったって。あの新顔がその三人組のひとりなのかは知らないけど、どっちにしたって、今日《きょう》のことはいい勉強になるだろう。

「今度またボニーに近づいたら、ただじゃおかないよ」

あたしは冷ややかにいい放つと、空になった水でっぽうを、あいつらの足元に投《な》げ捨《す》て、村の方に向かって歩きだした。この森にいると、空想と現実《げんじつ》のはざまにいるようで、なんでもできそうな気がしてくる。

村にいるとそうはいかないけど。

スペンスが地面に転がった水でっぽうをけった。

「あいつ、だれ？」と、新顔がジャックにたずねている。

あたしは前を向いたまま、いわれる前に名乗った。

「キーディだよ。いじめは許《ゆる》さないからね」

2

あたしの家は、少しさびれたところに建っている。家の前の通りを人間のからだにたとえると、ダロウ家は、そのちょうど足の親指あたりにある。好んで住みたいような場所じゃないけど、住んでいて不便は感じない。

玄関《げんかん》のドアは重たくて開けにくいから、家に入るとき、あたしはキッチンの窓《まど》を使う。だから、窓《まど》はつねにカギがかかっていない。

いつものように、窓《まど》から中に入ると、父《とう》さんがミネストローネを作っていた。

「ブエナス・ノチェス！」父《とう》さんが、スペイン語の夜のあいさつで出むかえる。

「まだ昼間だから、ブエナス・タルデスだよ」と、訂正《ていせい》するあたし。

スペイン語は、父《とう》さんがすすめるので仕方なく授業《じゅぎょう》で取っている。

鍋《なべ》からは、すごくいいにおいが漂《ただよ》ってくる。ただ、あたしが好きなのは具の野菜じゃなくて、出汁《だし》の方。食べるものにこだわりがあって、時期によっても食べるものが変わる。毎日同じものばかり食べていたと思ったら、ある日、ぴたっと食べなくなるのだ。

「今日《きょう》はスペシャルメニューだぞ」父《とう》さんの言葉に、ちらっと目を上げる。

「いつからそんなことになったわけ？」

「ニナが、『男の子を食事に呼《よ》びたい』って、母《かあ》さんにいったときからさ」

からだが急にカッカとしてきた。

「……え？　ニナがなんだって？」

父《とう》さんがスープをかきまぜながら、なだめるようにいう。「キーディ、おだやかに頼《たの》むよ」

ニナとあたしは双子同士《ふたごどうし》。ニナは、大人《おとな》になるってどういうことか教わって以来、早く大人《おとな》になろうと躍起《やっき》だ。

昔、ふたりで人形遊びをしていたころ、あたしは人形たちに色とりどりの服を着せ、ファッションショーごっこをした。優勝《ゆうしょう》したデザイナーはパリに行けるのだ。

一方、ニナは、人形たちみんなに同じようなかっこうをさせ、前にチャリティショップで見つけた、うでにマシンガンをくっつけた男の子のお人形と結婚《けっこん》させるのだ。

ニナとは、お腹《なか》の中にいたときからずっといっしょだけど、近ごろでは、ほかのだれよりも遠くに感じる。

ニナの声をたどって階段《かいだん》に向かう。あたしは音に敏感《びんかん》で、家の古い排水管《はいすいかん》の立てるゴボゴボいう音も、近所の家のテレビの音も聞こえる。今、となりはニュースを見てるな、みたいに。外の落ち葉が風に運ばれる、カサカサいう音まで聞こえる。

ニナの甲高《かんだか》い声は、母《かあ》さんたちの寝室《しんしつ》からしていた。ドアを開けると、母《かあ》さんが手を腰《こし》に当て、ぜいぜい息をしながら窓《まど》を背《せ》に立っていた。汗《あせ》のにじんだ額《ひたい》に髪《かみ》がべったりはりついている。ニナは、ほおを紅潮《こうちょう》させ、ベッドの上にあおむけで横たわっていた。

そして、下の妹のアデラインが、化粧台《けしょうだい》の前におとなしくこしかけていた。

「ちょっと、どういうこと？　なんで男子が家に来るわけ？」

あたしが問いただすと、母《かあ》さんが、ふうっとため息をついていった。

「その話はあとで。ニナの服が脱《ぬ》げなくなったの」

あらためてニナを見ると、たしかに母《かあ》さんのいうとおりだ。ジッパーの壊《こわ》れた、黒いフェイクレザーのミニスカートが腰《こし》に引っかかっている。

「安くあげようと、児童労働させてる会社から服を買うからだよ」

あたしがそういって肩《かた》をすくめると、ニナが襲《おそ》いかかってきた。

「やめなさい！」と母《かあ》さん。「キーディ、はさみを取ってちょうだい。こうなったら切るしかないわ」

裁縫箱《さいほうばこ》の引き出しを開け、中からはさみを取り出して、母《かあ》さんに手渡《てわた》す。

「キーディ、にやにやしないの」

母《かあ》さんの言葉に、にやっとして返す。

あと数週間で、あたしとニナは十四歳《さい》になる。最近ニナはやたらと、もう子どもじゃないし、今までとはちがうって主張《しゅちょう》するようになった。

ニナだけじゃない。このぐらいの年になると、だいたいの子が変わりはじめる。目立つことは避《さ》け、話すときは手を口に当ててこそこそしゃべるし、かぎられた子同士《どうし》でつるむ分、輪に入りにくくなる。ランチルームなんて、まるで国連の議事場だ。テーブルごとに、国がちがうみたいにルールがあって、ちょっとでもほかのテーブルをけなそうものなら、たちまち戦争勃発《ぼっぱつ》だ。

ニナとその仲間たちは、ランチルームの中で、いちばんあたたかいオイルヒーターのそばに陣取《じんど》っている。あたしはどこにも属《ぞく》さず、軽《かろ》やかに動きまわる自由の身。もし、そのルールみたいなものが書きおこされていたとしても、あたしにはちんぷんかんぷんだろうし、従《したが》う気もない。つるむ相手なんかいなくたって、ぜんぜん平気だ。

「じっとしてるのよ」母《かあ》さんがニナの前にひざをつき、はさみを構《かま》える。

「ねえ、切らずにすむ方法はないの？」ニナがあわれな声でうったえる。

「そうだよ、母《かあ》さん。この服、ニナが有り金はたいて買ったんだよ」冷やかすあたし。

「母《かあ》さん、この子を部屋《へや》から追い出して！」

そんなやり取りを、アデラインはだまって見ている。どこを見ているのかわからない目をしているけど、あたしがなにかいうと、きまってあたしのことをじっと見つめる。わずかな物音にもすぐ反応《はんのう》するくせに、たとえば今、母《かあ》さんに名前を呼《よ》ばれたって、ふり向きもしないだろう。

ニナがアデラインの方をちらっと見ていった。

「だいじょうぶよ、アデライン。たかがスカート。皮膚《ひふ》を切るわけじゃないんだし」

「そう思うなら、騒《さわ》がないの」母《かあ》さんがぴしゃりという。「アデラインが心配するでしょ」

母《かあ》さんがスカートを切りはじめると、ニナは赤《あか》ん坊《ぼう》みたいに足をばたつかせた。

「ああ、もうすぐ彼《かれ》が来ちゃう。はやく着がえなきゃ」

「そうね、今度はもっとまともな服にね」と、母《かあ》さん。

「だれが来るの？」

あたしがたずねると、ニナがつんとしていった。

「学校の友だち。あんたの知らない人よ」

ニナは、いわゆるスクールカーストというやつの頂点《ちょうてん》に君臨《くんりん》している。ニナからしたら、あたしはたぶん、海底にいる深海魚ってとこだろう。

そのとき、アデラインがぱっとドアの方を見た。カチャッという音が下の玄関《げんかん》から聞こえたからだ。あれは呼《よ》び鈴《りん》が鳴る前触《まえぶ》れ。あたしにも聞こえたけど、父《とう》さんや母《かあ》さん、ニナが気づくことはない。

つづいて玄関《げんかん》の呼《よ》び鈴《りん》が鳴《な》り、ニナがはっとして動きを止めた。

「おい、今、火を使ってるから、だれか出てくれないか！」下で父《とう》さんが呼《よ》んでいる。

「キーディ、お願い。このおじょうさんが着がえ終わるまで、引きとめておいて」

母《かあ》さんの言葉に、ニナがぎょっとしていった。

「だめ！　出しちゃだめ！　あの、いつもの調子でやられたら、大変なことに……」

その言葉に挑《いど》むように、あたしは階段《かいだん》をダダダッとかけ下りた。勢《いきお》いあまって最後の段《だん》で足をすべらせ、あやうく足をくじきかけた。そのまま勢《いきお》いよくドアを開けると、腰《こし》ぐらいまである長い髪《かみ》が、顔にはらりとかかった。

「いらっしゃい、ニナの彼《かれ》……」

そこまでいって、あたしは絶句《ぜっく》した。さっき森で見かけた、あの新顔だ。

「キーディ？」

新顔が、両方の人差し指であたしを指さし、顔をしかめる。「そうだ、この顔だよ」

3

新顔と、家族五人で食卓《しょくたく》を囲《かこ》む。

家族全員が顔をそろえるなんて、クリスマスとか特別な日でもないかぎりまずない。今はまだ寒くもないし、できれば二階の自分の部屋《へや》でひとりで食べたかった。

食卓《しょくたく》の壁《かべ》にかかった、あたしのひいおばあちゃん、アストリッドの写真の視線《しせん》を感じ、なんだかうしろめたい気分になる。アストリッドのいるミンスターコートの老人ホームには、しばらく行っていない。訪《たず》ねていくと、きまって不愛想でそっけない態度《たいど》を取るアストリッドだけど、きっと会いたがってるはず。

新顔は、食べる前にまずスープをふうふうと冷ましている。

「それで、ヒュー」母《かあ》さんが急に沈黙《ちんもく》を破《やぶ》ったので、あたしはびくっとなった。

「久《ひさ》しぶりのジュニパーはどう？　たしか、グラスゴーに引《ひ》っ越《こ》す前に住んでたことがあったわよね」

ヒューがきざっぽく笑う。「小さいけど、いいところですね」

いいところ、ねえ。ほんと、ジュニパーを表すのにぴったりの言葉だよ。村もきっとそれが自慢《じまん》なんだろう。

「グラスゴーに比《くら》べたら、なにもかもが小さいだろうね」と、父《とう》さん。

「そうですね」ヒューがぼそりと答える。

そして、また沈黙《ちんもく》。

ニナが、ヒューの方をちらっと見て顔をしかめた。

「雨、降《ふ》ってたの？」

「いや」ヒューが、ふしぎそうに返す。

「髪《かみ》がぬれてるから」

あたしはスプーンのかげで、ひとりにやけた。

ヒューは、小さい妹の方を向いていった。

「アデラインっていうのは、きみかな？　ニナはきみの話ばかりするんだよ」

母《かあ》さんがうれしそうに答える。「ええ、そうなの。生まれたときから、ずっとニナが世話してきたのよ。だからアデラインもニナのことが大好きでね」

みんなが、テーブルのはじっこにいるアデラインを見つめる。

ニナはほほ笑《え》んでみせたけど、目には不安の色が浮《う》かんで見える。いくらかわいがったところで、相手がいっこうになついてこないことにニナも気づいているのだ。おむつをかえたり、だっこしたり、服を着がえさせてやったり、あやしたりと、かいがいしく世話をしてきたというのに。

ダロウ家の小さなエイリアン、アデライン。口数も家族の中ではいちばん少ない。学校に通わせるのをぎりぎりまで引きのばしたこともあって、先生たちもまだ、どう接《せっ》していいかわからずにいた。

「アデラインは、あまりしゃべる方じゃなくてね」父《とう》さんは、ヒューがとまどっているのを見て、あわてていった。「かなり内気なんだ」

あたしは、つい口をはさみそうになって、やめた。内気ねえ——ま、そういうことにしておこう。

アデラインは、ミネストローネには手をつけず、うすく切った鶏肉《とりにく》と、パンの耳を切り落としたた白い部分を食べている。

「よろしく、アデライン」ヒューが、さっきよりも大きな声でいう。「年はいくつ？」

答えは六歳《さい》だ。でも、アデラインはだまったままで、ヒューの方を見ようともしない。

ヒューはもう一度、同じ質問《しつもん》を大声でくり返した。

「ちゃんと聞こえてるよ」

あたしが水をすすりながら静かにいうと、ヒューは、玄関《げんかん》でぶつかりかけて以来、はじめてあたしの方を見た。

「そっか……」

母《かあ》さんがすばやく話題を変えた。

「そうそう、たしか、おたくはこのジュニパーにゆかりのあるお家だったわよね」

会話の中で、母《かあ》さんは舟《ふね》を動かす「オール」のような存在《そんざい》。やっかいな流れの中でも、母《かあ》さんがいると会話がおだやかに進んでいく。

一方、あたしは「錨《いかり》」。舟《ふね》の動きを止めてしまう。

「はい。村に古くからいる一族のひとつで、先祖《せんぞ》はこの村の創立者《そうりつしゃ》でした。それもあって、父《ちち》はここへもどりたかったみたいです。大きな池の小さなカエルでいるより――」

「食事が終わったら、わたしたち出かけるわね」ニナがだしぬけにいった。急に話題が変わって、場の空気がぎくしゃくする。「交流センターでダンスをやってるの」

「うわ、そりゃ大変だ」あたしはパンをかじりながらいった。「振動《しんどう》で床《ゆか》がぬけたりして」

「楽しそうじゃないか！」

気まずい空気が流れる前に、父《とう》さんがあたしの言葉にかぶせるようにいった。

「キーディもいっしょに行ってらっしゃいな」

びくっとしたひょうしに、パンがおかしなところに入ってしまい、あたしはむせた。

やっぱ、母《かあ》さんって、「オール」じゃないかも……。

あたしがあまりにゲホゲホするので、父《とう》さんが背中《せなか》をたたいたら、口から小さなパンのかけらが飛び出し、スープの中にポチャッと落ちた。

「いや、遠慮《えんりょ》しとく」あたしは涙目《なみだめ》のまま、なんとかそれだけいった。

「なにいってるの。あなたたち双子《ふたご》は、なにをするのもいっしょでしょ」

母《かあ》さんがけわしい表情《ひょうじょう》でいう。ダロウ家には、姉妹《しまい》でたがいの見守り役をするという、暗黙《あんもく》のルールのようなものがある。

「キーディは来たって楽しめないって」ニナがいまいましそうに、でもおびえた目であたしを見る。

あーあ。こっちは、ニナとこの胡散臭《うさんくさ》い連れを、ひと晩《ばん》じゅうつけ回す気なんてまったくないのに。

「キーディも行くか、ふたりとも行かないか、そのどっちかよ」母《かあ》さんがニナを見すえる。

こういう無言のやり取りに、あたしはついていけない。

「わかったわよ」

ニナが勢《いきお》いよく立ち上がると、床《ゆか》がキーッと音を立てた。

「ほら、もう行かないと。すっかり暗くなっちゃったわ」

「十一月のスコットランドは日が短いからね。今朝《けさ》は十一時でも暗かったよ」あたしは、スープをすくいながらいった。

「ねえ、行かないの?」ニナが笑顔《えがお》で、でもおどすようにいった。

ヒューもおとなしく立ち上がると、母《かあ》さんと父《とう》さんに愛想笑《あいそわら》いしながらいった。

「おいしかったです。ごちそうさまでした」

ヒューがぼそぼそとお礼をいうと、母《かあ》さんは「いえいえ」と笑顔《えがお》でこたえ、父《とう》さんはうなずいた。

「五分待って。着がえてくる」

あたしがそういって、ナプキンをテーブルに放り投げると、ニナがあわてていった。

「ふつうのかっこうでいいって」

ふつう、だってさ。あたしは、思わず笑いそうになった。

「交流センターに行くなら、それっぽいかっこうをしなくちゃね」

あたしがそういうと、ヒューが興味深《きょうみぶか》そうに見てきた。もしかして、あたしがハロウィーンみたいに仮装《かそう》すると思ってる？　動物の着ぐるみを着てくるとかね。


ニナとヒュー、あたしの三人は、人気《ひとけ》のない石畳《いしだたみ》の道を、村の中心にある交流センターに向かって歩いた。

交流センターの建物は、以前はボウリング場だった。でも経営者《けいえいしゃ》が亡《な》くなり、ボウリング場が閉《し》められると、行き場を失ったティーンエイジャーたちが公園の池のまわりにたむろするようになった。そこで、毎週金曜日は、この交流センターに行くことになったのだ。こうして一か所に集めておけば、だれかの庭で騒《さわ》ぐこともないからだ。

まだ小さかったころは、どこでなにをしようと、大人《おとな》たちに見とがめられることはなかった。それがいつのまにか、居場所《いばしょ》はなくなり、どこへ行ってもいやな顔をされ、疑《うたが》いの目を向けられるようになってしまった。大人《おとな》でもなく、子どもでもない、宙《ちゅう》ぶらりんな存《そん》在《ざい》。ただ、大人《おとな》になる日を待つしかない。

あたしは交流センターに着ていく服に、ピンクのチュール地のワンピースを選んだ。これを着ていると、まるで大きな綿菓子《わたがし》が歩いているみたいに見える。外は凍《こご》えるように寒かったけど、みんなと同じかっこうしかできないニナのくやしそうな顔を見たら、着てきた甲斐《かい》があったと思った。

ニナの連れは、あたしをじろじろ見ている。

「双子《ふたご》のきょうだいがいるってこと、なんでだまってたんだ？」

ヒューが声をひそめてニナに聞く。通りに人影《ひとかげ》はないけど、油断《ゆだん》は禁物《きんもつ》。この村では、どこでだれが会話を聞いているかわからない。とくに夜はそうだ。今も、こうして歩いていると、窓辺《まどべ》のカーテンがさっと動いた。

「べつに話すようなこともないし」

ニナは、ピンクのワンピース姿《すがた》でゆうゆうと歩くあたしを、いやそうな目で見つめた。

「ニナはあたしのこと、恥《はじ》だと思ってるからね」あたしはさらりといってのけた。

「そうじゃない」ニナがむきになっていい返す。

たしかに、ずっとこうだったわけじゃない。前はよくいっしょにいろんなことをした。ふたりでふわふわのえりまきをまいて、大好きなアバ（一九七〇年代から八〇年代にかけ大ヒットしたポップミュージック・グループ）の歌を熱唱したりもした。

交流センターに着くと、建物が虹色《にじいろ》の光でライトアップされていた。でも、みんなが着ているのは、まるで申し合わせたみたいに、似《に》たり寄《よ》ったりの、ぱっとしない服ばかり。ホールに入ると、いすが片《かた》づけられて、中央がダンスフロアのようになっていた。クロークがわりのとなりの部屋《へや》には、ビリヤード台がひとつ置かれ、男子が数人でプレーしていて、それを女子が見ている。たとえプレーしたくても、おとなしく見ているだけだ。

十三歳《さい》のニナとあたしは、この中ではいちばん年上になる。それより上の子たちは、町へ繰《く》り出《だ》すからだ。

「ニーニー！」

自称《じしょう》ニナの親友、ヘザーがこっちへやって来る。まともに歩けもしない高いヒールのくつをはいて、よろよろしている。

ニナが笑顔《えがお》を向ける。作りものの笑顔《えがお》だけど。

ニナとヘザーは、おたがい投げキッスしたあと、ヒューを連れてダンスフロアの方へ行ってしまい、あたしは、色あせた壁紙《かべがみ》のように、ひとりその場に捨《す》て置《お》かれた。

ダンスフロアには、ニナの仲間が勢《せい》ぞろいして、ほかの子たちににらみをきかせたり、気の弱そうな子や、場慣《ばな》れしていない子たちのことを笑ったりしている。

ヒューが、あたしの方をちらっとふり返り、ニナにたずねた。

「キーディはこっちに来ないのか？」

「あの子はいいの。音楽に圧倒《あっとう》されちゃうから」ニナがすばやく答える。

「そのとおり」あたしはホールの入り口から、ふたりに大声でいった。「あまりのばかばかしさに圧倒《あっとう》されちゃうんだよね」

ニナがものすごい形相でにらんできたので、あたしはくるっと背《せ》を向けてすみへ行き、頭の中で流れる音楽に合わせてからだを揺《ゆ》らした。あたしの場合、頭の中の再生《さいせい》ボタンを押《お》すだけで、曲が流れはじめる。映画《えいが》も同じ。一度か二度見ると、ぜんぶのシーンを覚え、頭の中で再生《さいせい》できるようになる。おかげで長時間の車の移動《いどう》もたいくつせずにすむ。

前に一度、ニナにその話をしたら、そんなのうそよっていわれた。

だから、ためしにニナの好きな映画《えいが》のあらすじをすらすらといってやった。

それからはもう、ニナがあたしをうそつき呼《よ》ばわりすることはなくなった。というか、そもそもあたしの話に耳を貸《か》さなくなった。

「そのかっこう、まるで風船ガムみたい」

声がした方を向くと、下級生の女子がいた。こんなに色あざやかな服は見たことない、とでもいうように、あたしのピンクのワンピースをまじまじと見つめている。

「ありがと」

あたしがお礼をいうと、その子は顔をしかめた。

「みんなにじろじろ見られて、気にならないの？」

「じろじろ？」

さっとホールを見回すと、たしかに何人かがあたしの方を見ている。まあ、よくあることだけど。にらみつけている子もいれば、おもしろそうに見ている子もいる。

「あたし、そういうの、気にしないから」

その女の子は、なにかいいかけてよろけた。足元を見ると、ビリヤードの球が転がっている。その球が足に当たったのだろう。ビリヤード台の方を見ると、男の子たちが笑っていた。キューを独《ひと》り占《じ》めしている男子が、わがもの顔でこっちへやって来る。自分のついた球が人に当たったことなど気にもしていない。女の子はすごすごとわきに寄《よ》った。

と、あたしの頭の中でスイッチが入った。言葉ではうまく説明できないけど、みんなの頭には遮断機《しゃだんき》のような制御装置《せいぎょそうち》があって、出てこようとする言葉や行動を封《ふう》じこめる。でもあたしの頭には、そういう制御装置《せいぎょそうち》がない。

あたしは、さっとビリヤードの球を拾い上げてにぎりしめた。

「その球を、こっちによこせ」男子に命令され、ますます強くにぎりしめる。

「この子にあやまりな」

あたしがいうと、はじめて気づいたみたいに、男子はその女の子――たしか名前はエイプリルだ――をじろっと見た。「は？　なんだって？」

「あんた、この子に球をぶつけたんだよ。あやまるのが先だ」

男子がほかの子たちの方をふり返る。みんな、その男子がどう出るか、このやり取りを、かたずをのんで見守っている。

男子は一瞬《いっしゅん》うろたえた表情《ひょうじょう》を見せたけど、すぐに気を取り直し、えらそうにいった。

「はっ！　だれが、あやまるかよ」

声は大きいけど、さっきまでのような余裕《よゆう》は感じられない。

頭の中で、またスイッチが入る。あたしはビリヤード台に向かうと、そのまま台にのぼった。度肝《どぎも》を抜《ぬ》かれた同級生や近所の子たちが、ぎょっとした顔でこっちを見上げている。あたしは台の真ん中で仁王《におう》立ちになり、すごみをきかせていった。

「あやまるんだよ。じゃないと台から降《お》りないからね」

エイプリルはあぜんとし、男子は、気はたしかか？　というように、あたしを見ている。

とつぜん、パッと電気がついた。チカチカする蛍光灯《けいこうとう》の明かりに、まるで鼻をつまれたように息苦しくなる。流れていた音楽がぱたっとやんだ。

「きみ、台から降《お》りなさい」

村の議員のマッキントッシュさんが、見守り当番の母親ふたりといっしょに、入り口からあたしをにらんでいる。

「きみのやってることは、安全衛生規則違反《えいせいきそくいはん》だ。わかってるのかね？」

マッキントッシュさんが、怒《いか》りでブルブル震《ふる》えながらわめいた。

「さあ、降《お》りるんだ！」

あたしは例の男子の方を見た。台の上からだと、ずいぶんちっぽけに見える。

「ご……ごめん」男子が歯を食いしばっていった。「これでいいんだろ？　悪かったよ」

あたしはにぎっていた球をパッと離《はな》した。球が台の上に落ち、ドスッというにぶい音を立てる。あたしは台から飛《と》び降《お》りた。

ついさっきまで音楽が鳴《な》り響《ひび》き、騒々《そうぞう》しかった室内が、今はしんと静まり返っている。

みんな、にらみつけるようにあたしを見ている。ただ、ヒューだけは、みんなとちがうまなざしで見ていた。あと、エイプリルもだ。エイプリルの場合、ぼうぜんとしていた。

そのとき、ヘザーが大声でいった。

「ニナ、あんたのきょうだいって、マジでイカれてるよ」

ニナは、だまったままだ。同じことを、今この場にいるどれだけの人間が思ってるんだろう。そういわれたのははじめてじゃないし、これが最後でもないだろう。

すぐにいい返そうかと思ったけど、だれかが反論《はんろん》してくれるのを待つことにした。前に出て、ヘザーに、「そうじゃない」といってくれる人が現《あらわ》れるのを——。

でも、だれもなにもいわない。

あたしは、わざとゆっくりドアの方へ向かった。みんなの視線《しせん》を一身に集めながら。

ひとりぼっちは、ぜんぜん平気。ここにいるような人たちといっしょにいるぐらいなら、ひとりでいる方がずっとましだ。

4

月曜日の朝、といえば集会だ。

あたしは集会が大きらいだ。毎回、同じ子が表彰《ひょうしょう》され、同じ伝達が読みあげられる。

それに、マクドノー校長の長い話も毎回同じ。「学校を一歩出れば、きみたちは学校の代表として見られるんだから、恥《は》ずかしくないふるまいをするように」とお説教する。

村の住民の中には、毎週のように学校に苦情《くじょう》の電話を入れる人がいる。おたくの学校の制服《せいふく》を着た生徒がバスの中で席をゆずらなかったとか、この前にらんできた男子はおたくの学校の三年生のようだったとか、十代ぐらいの子が公園で騒《さわ》いでいた、などなど。どれも細かいことばかりだけど、マクドノー校長はその申し立てのひとつひとつを、四十分もの長いお説教に仕立てあげるのだ。

ニナの両わきには、ヒューとヘザーが座《すわ》っている。あたしのたったひとりの友人ボニーは、この学校には通っていない。特別な支援《しえん》が必要だからだ。

というわけで、あたしはひとり。

ルイス・グラハムが、またなにか音楽の賞《しょう》を取ったとかで壇上《だんじょう》に呼《よ》ばれ、そのピアノを披露《ひろう》した。演奏《えんそう》のあいだ、ニナとその仲間たちはクスクス笑いっぱなしだった。

あたしはルイスに同情《どうじょう》した。ルイスに音楽の才能《さいのう》があるのは生まれつきで、自分ではどうにもできないことだ。それに、才能《さいのう》をひけらかすのはべつの場にしませんか、と先生にいいだせないのは、ルイスが礼儀《れいぎ》正《ただ》しいからで、それもルイスが悪いわけじゃない。

演奏《えんそう》が終わると、あたしはとびきり大きな拍手《はくしゅ》を送った。

「さて」マクドノー校長が演壇《えんだん》に向かいながら、怒《いか》りをこらえるように静かに切り出す。

「諸君《しょくん》にひとこと、いっておくことがある」

先生の声は興奮《こうふん》で震《ふる》えていた。週末をかけて練り上げたお説教を、はやくぶちかましたくてうずうずしているんだろう。やれやれ、とあたしはうで組みをした。

小さな村の小さな学校のことだから、今ここに集まっている人数も、それほど多くはない。とはいえ、ふだんは、てんでバラバラのことを考えているあたしたちが、今この瞬間《しゅんかん》だけは心をひとつにし、同じことを願っているのがわかる。集会がとっとと終わって、早く休み時間にならないかなあ、と。

「先週の金曜日の夜のことだ。わたしが寝《ね》ようとしていると、一本の電話がかかってきた」先生は、もったいぶった調子で話しはじめた。「相手は、村役場のノーラン夫人で、かなりご立腹《りっぷく》のようだった」

ふん、あのことか。流れが読めたぞ。なんなら出だしの部分を、先生のかわりにしゃべったっていい。マクドノー校長のお説教には必ず前置きがあって、そのあとにようやく、こうこうこういうことがあった、と本題に入る。なぜこんな手のこんだことをするのか、あたしにはなぞだ。

校長先生は、べつに自分のことを美化しようとしているわけじゃない。金曜日の夜だというのに、早々《そうそう》にベッドに入り、ノーラン夫人からの苦情《くじょう》の電話がなければ、だれとも接《せっ》点《てん》のないさみしい人間だと、自分から打ち明けているんだから。

校長先生は話をつづけた。「そこで、わたしはたずねた。『こんな時間に電話をかけてくるなんて、なにかありましたか？　だいじょうぶですか？』と。すると、ノーラン夫人はこう答えた。『いいえ、校長先生、だいじょうぶなんかじゃありません』と」

あたしは大きなため息をついた。ふう。こりゃ、長いお説教になりそうだ。

「そこでわたしはたずねた。『なんと、なにがあったというのです?』と」

先生には、だれか原稿《げんこう》を編集《へんしゅう》してくれる人間が必要だ。

「するとノーラン夫人はこういった。『わたし、今日《きょう》、交流センターの見守り当番だったんです』と。諸君《しょくん》も知ってのとおり、交流センターは、いみじくも、きみたち若者《わかもの》のためにわざわざしつらえた施設《しせつ》だ。この先もずっと使いたければ、ふるまいに気をつけなければならん」

校長先生はそこでいったん言葉を切り、あたしたちの方をギロリとにらんだ。

「そこでわたしはいった。『ああ、それはご苦労さまです』と。そのあと、ノーラン夫人がなんといったと思う?」

ずいぶん芝居《しばい》がかった話だ。壁《かべ》ぎわに立っている先生たちも真剣《しんけん》に話を聞いているようすはなく、ほとんどがぐったりしている。きっと、先生たちにとっても、辛気《しんき》くさくて、たいくつきわまりない話なんだろう。

「ノーラン夫人はこういったんだ。『おたくの生徒のひとりが、ビリヤード台にのぼって、球でだれかの頭を殴《なぐ》ろうとしたんです』と」

先生は、どうだ、といわんばかりに大きく目をむき、演壇《えんだん》を離《はな》れた。生徒たちがショックを受けるとでも思ったのだろうが、みんなひそひそ話をしたり、手で笑いを押《お》しかくしたりしている。

あたしは、「ちがう」といいそうになるのをこらえた。ビリヤードの球で頭なんか殴《なぐ》れば、相手が死ぬことだってありうる。まあ、あれであやまらなければ、キューを真っ二つに折るぐらいのことはしてたかもしれないけど。

校長先生は話をつづけた。「そこでわたしはいった。『そんなことはありえない。うちの生徒にかぎって、そんなことをするはずがない』と」

今のは明らかにうそだ。本当は、だれがやったか知りたくて、電話ごしによだれをたらしていたに決まってる。

「その生徒の名前は、あえてここでは出さない」先生はおごそかにいった。「だが、集会が終わったら、自分から名乗り出るように。その方が本人のためだ。そんなことをする生徒がいるなんて、校長としてじつに恥《は》ずかしい」

あたしはあきれたように目をぐるんと回した。ニナとその仲間たちが、こっちをにらんでいる。ただ、ヒューだけは、この前と同じで、ちがう目であたしを見ていた。

「いいかね、わが校の生徒たる者、そういう野蛮《やばん》なふるまいは厳《げん》につつしまなければならない。守れない生徒にはいっさい容赦《ようしゃ》しないから、心しておくように。近々《ちかぢか》、スピーチコンテストが行われるが、その日は地元の新聞記者も取材に入る予定だ」校長先生はそういうと、自らの権力《けんりょく》に酔《よ》いしれるように震《ふる》えた。

先生のいう「野蛮《やばん》な」生徒が、なぜビリヤード台にのぼったのか、その理由を知っても、先生は同じお説教をするだろうか。想像《そうぞう》で話をする前に、本当はどうだったのか知りたいとは思わないんだろうか。

あたしは、歴史《れきし》のロス先生の方を見た。まだ三十歳《さい》ぐらいで、先生としてそれなりの経験《けいけん》を積みつつも、えらぶることのない、とてもいい先生だ。

目が合うと、ロス先生はちょっとほほ笑《え》んでみせ、やれやれというように、ほんのわずかに首をふってみせた。あたしは思わず笑いそうになった。

講堂《こうどう》を出るとき、マクドノー校長が扉《とびら》の横に立っていた。校長先生は本当に一部始終の報告《ほうこく》を受けているんだろうか？　そう思いながらじっと見ていると、先生がちらっとあたしを見た。その瞬間《しゅんかん》、聞いていないと確信《かくしん》した。校長先生はだれがやったかまでは知らないのだ。あの場にいたマッキントッシュさんは、少なくともちくり屋ではないようだ。

「本当にひどい話です」あたしは校長先生のそばを通りながらいった。「驚《おどろ》きました。まったく最近の若《わか》い世代ときたら――」

「ほらほら、キーディ、もう教室へもどるよ」ロス先生が通りざま、いたずらっぽく、くいっと眉《まゆ》を上げてみせた。

教室に向かっていると、だれかがそっとひじに触《ふ》れてきた。ふり向くとエイプリルだった。あたしといっしょにいるところを見られたくないのか、まわりを気にしている。こういう場面では、ふつう人目につかないところへ移動《いどう》するものだってことは知っている。でも、あたしはその場でエイプリルが話しだすのを待った。

「あの、金曜日はありがとう」エイプリルはぼそぼそとお礼をいった。「あのことで、めんどうに巻《ま》きこんじゃったなら、ごめんなさい」

「だいじょうぶよ。先生だってなんの証拠《しょうこ》もつかんでないし」あたしは答えた。

あの日、現場《げんば》に居合《いあ》わせた議員のマッキントッシュさんと、マクドノー校長はそれぞれ相手の持つ影響力《えいきょうりょく》をうらやむ宿命のライバルで、たがいに警戒《けいかい》し合っている。だから、たとえマッキントッシュさんが、あたしのことをよく思っていなくても、校長先生に引《ひ》き渡《わた》すことはしないだろう。

「えっと……」エイプリルは、通りすぎるみんなの視線《しせん》を気にしながらいった。「じつは、わたしのグループの子にあなたのことを話したら、ぜひ会って話がしたいって」

あたしの頭の中で警告音《けいこくおん》が鳴りだす。グループがらみの話には関わらない方がいい。グループがちがえば、ルールもちがう。それに、あたしには相手が求めているものを見抜《みぬ》いたり、かくれた合言葉を理解《りかい》したりする能力《のうりょく》がない。

「べつに、たいしたことはしてないし」あたしは早くこの話を切り上げたかった。「じゃ、ロッカーに用があるから」

そういうと、さっさとかけだした。あたしをなにに巻《ま》きこもうとしているか知らないけど、関わらないにこしたことはない。

あたしにとっての学校は、病院の待合室みたいなもの。帰っていいといわれるまで待つだけ。ほかの人の病気までもらいたくはないのだ。

5

「よっ!」

放課後、ぐちゃぐちゃのロッカーを見てうんざりしていると、声をかけられた。

耳はイヤホンでふさがっていたけど、流れているのが静かなバラードだったから、呼《よ》びかけられたのはわかった。イヤホンを外してふり返ると、ヒューがうれしそうに廊下《ろうか》をふらふらやって来るのが見えた。

「教室に迷《まよ》ったの?」

あたしがそっけなく返すと、ヒューは、ロッカーの上に置かれたものを見ていった。

「それって……まさかiPod《アイポッド》?」

「そうだけど」

「へえ。まだ、作られてたんだ」

あたしは、iPod《アイポッド》を制服《せいふく》のスカートのポケットにすべりこませ、ロッカーを閉《し》めると、ヒューにiPod《アイポッド》を持っている理由を教えることにした。

「今は製造《せいぞう》されてないよ。少なくともこの型《かた》はね。去年のクリスマスに両親に頼《たの》んで、インターネットで中古品を探《さが》してもらったんだ」

これを必要とするわけはいわなかった。学校の廊下《ろうか》は、音や光などの刺激《しげき》が多くて、音楽でも聴《き》いてまぎらわせないと、神経《しんけい》がまいってしまうのだ。学校に相談したところ、音楽機器を持ってきていいことになったけど、スマホは学校での使用が禁止《きんし》されているので、中古でiPod《アイポッド》を手に入れ、父《とう》さんが持ってる古いCD《シーディー》の曲をすべて取り込んだ。

アバにエラ・フィッツジェラルド、デヴィッド・ボウイ、サミー・デイヴィス・ジュニア、テイラー・スウィフト、スティーヴィー・ニックス、ザ・プロクレイマーズ、ジョニ・ミッチェル――。こういう音楽にずいぶん助けられている。

「ニナにことづてを頼《たの》まれてきたんだ」

ヒューは、あたしが校門へ向かって歩きはじめると、あとからついてきていった。

「そう。で、ニナはなんて?」

「今日《きょう》はヘザーの家に行くから、妹さんのお迎《むか》えはいっしょに行けないって」

あたしは歩きながら顔をしかめた。「わかった。ありがと。じゃあね」

ヒューが笑った。

「ほんと、ぜんぜん似《に》てないよな」

そう、似《に》てない。ニナは人気者で、おしとやかで、流行に敏感《びんかん》。でも、あたしは……。

「子宮の中ではいっしょだったけど、頭の中はちがうの」

それだけいうと、灰色《はいいろ》の校舎《こうしゃ》をあとにし、小学校の校舎《こうしゃ》に向かった。

小さい子どもたちの金切り声や、キャッキャッという笑い声が聞こえるたび、思わず足がすくむ。あたしは、サンゴ礁《しょう》の魚たちがカマスをさけるように、子どもたちをさけて歩いた。あの子たちにしたら、なんの気なしにやってることなんだろうけど、感覚が過敏《かびん》なあたしには、あまりにつらくて、わざとじゃないかって思えてしまう。

アデラインを預《あず》かってくれている放課後クラブには、少し早めに着いた。あたしがよろよろと入っていくと、受付の人が冷ややかな表情《ひょうじょう》で出迎《でむか》えた。

「今日《きょう》は、ニナはいっしょじゃないの？」

みんな、ニナが来てくれた方がいいのだ。自分たちと同じタイプだから。

「そう。ちょっと用があって。早く着きすぎちゃったかな」

あたしは陽気に答え、インクが切れかけの青いペンでサインをし、工作室へ向かった。

アデラインはいちばん奥《おく》にあるテーブルにいた。仮面《かめん》をつけない素《す》のままの表情《ひょうじょう》で、一心不乱《いっしんふらん》になにかを作っている。まわりに友だちはいないけど、気にしていない。

あたしはもともと、「アデライン」って名前で呼《よ》ぶより、「アディ」って呼《よ》ぶ方が好きだ。親しみが持てるし、口にしたときの響《ひび》きもいい。前から気づいてたけど、アディ本人も、アデラインの名前で呼《よ》ばれたときは返事をしない。

「アディ!」

アディがぱっと顔を上げ、あたしをじっと見つめる。あたしはアディに、今日《きょう》はニナが来られないからふたりで帰ろうと伝えた。

ほんというと、下に妹ができたとき、あまりうれしいとは思わなかった。双子《ふたご》のニナとやっていくだけでもじゅうぶん大変だったのに、さらにひとり加わったからだ。じっさい、スノードームをふると、雪が下に落ちきるまでに時間がかかるように、新しい生活が落ち着くまでには、しばらく時間がかかった。

アディのことは、正直、あまりよくわかっていない。今、六歳《さい》だけど、アディらしさが出てきたのは、ここ三年ぐらいのことだ。小さかったころは、ニナに世話をまかせっぱなしで、あたしはいっさい関わろうとしなかった。

だから、きょうだいふたりのことは、どっちもよくわかっていない。

アディはテーブルの上をきちっと片《かた》づけ終えると、荷物を取りに棚《たな》へ向かった。コートを着ると、ポケットになにかを入れ、それから小さなバッグを手に取り、しっかりとした足取りであたしのところへやって来た。そして、ふたりでだまったまま、学校を出た。

気持ちのいい午後だった。空気がさわやかで、日差しもおだやかだ。

「川に寄《よ》ってみない？」

あたしが提案《ていあん》すると、アディはちょっと考えてからうなずいた。

川に着くと、おたがい、気持ち距離《きょり》をあけて座《すわ》った。静けさが、ひりひりする肌《はだ》にクリームを塗《ぬ》ったときみたいに、すうっと心にしみこむ。川のせせらぎに耳を傾《かたむ》けていると、自分を押《お》し殺《ころ》し、うるささに耐《た》えてきた一日の疲《つか》れが、だんだんいやされてゆく。

「さっきはなにを作ってたの？」しばらくたって、ようやくアディに聞いてみた。

ときどき、アディとあたしはテーブルの端《はし》っこ同士に座《すわ》っているんじゃないかって思うことがある。母《かあ》さんたちは、あたしかアディ、そのどちらかに話しかけることはあっても、両方に話しかけることはないからだ。

騒々《そうぞう》しくて衝動的《しょうどうてき》なあたしに対し、アディは物静かで、じっと耐《た》える強さを持っている。アディが生まれてからこれまで口にした言葉をぜんぶ合わせたって、ニナが今月しゃべった数にもおよばないだろう。

「もうすぐで完成する」ずいぶんたってからアディがいった。

「それは楽しみだね」

あたしの場合、今なに考えてたの？　とか、しつこく聞いたりはしない。

「ニナ、いないね」

アディはべつにがっかりしているわけじゃない。ただ、いないのがふしぎなだけ。

「今日《きょう》は、友だちの家に行ったんだ」

「あの男の子もいっしょ？」

「たぶんね」

アディの表情《ひょうじょう》が、かすかにくもるのがわかった。

「キーディは、なんでいっしょに行かなかったの？」

「だれかがお迎《むか》えに行かなきゃいけないからね。ま、アディの記憶力《きおくりょく》なら、帰り道は覚えているだろうけど、まだひとりで帰っていい年じゃないからね」

アディの顔がぴくっとした。

「帰り道どころか、アディは村の道、ぜんぶ覚えてるよね」

あたしが笑いながらいうと、アディはけげんそうな顔をしたけど、否定《ひてい》はしなかった。

「ねえ、このリース川にサメっていると思う？」

あたしはおどけたように、リース川の方をあごで示《しめ》した。ただなんとなく聞いただけなのに、アディは背筋《せすじ》をすっとのばして答えた。

「いないよ」

「ほんとに？　なんでわかるの？」

「この川は淡水《たんすい》で、淡水《たんすい》にすむサメはすごく少ないんだ。オオメジロザメがそうだけど、こういう寒いところにはいないし、ニシレモンザメの場合、いるとしても産卵《さんらん》のときだけ。ウバザメは、からだが大きいから、こういう小さな川にはいないね」

あたしはきょとんとして、アディをまじまじと見つめた。

「今のって……、なに？」

「なにって？」アディが表情《ひょうじょう》をこわばらせる。

「今、話してくれたこと！　いったいどこでそんなこと知ったの？」

「図書館にあった本」

「まいったな。あたし、さっきアディが教えてくれたこと、なにひとつ知らなかったよ。ずっと年上のくせにね」

アディは座《すわ》ったまま、あたしのいったことをどうとらえていいか、考えている。

あたしはさっと立ち上がるといった。

「おいで。いいところに連れてってあげる」

6

アディと店に入ると、店主のクレオがちらっと顔を上げていった。

「いらっしゃい、おふたりさん」

「やあ、クレオ」あたしは親しみをこめて返した。

この村でゆいいつ、あたしをあたたかく迎《むか》えてくれる場所、それがクレオの本屋だ。こぢんまりとした石造《いしづく》りの店内は、どこもきれいに整とんされ、暖炉《だんろ》では火がパチパチとはぜていて、ところどころにビーズクッションやひじかけいすが置かれている。棚《たな》には、遠い国のことが書かれた本が並《なら》んでいて、そういう本を見ていると、翼《つばさ》さえしっかりすれば、どこへだって飛んでいけるような気がしてくる。

「ファッションデザイナーの伝記、入荷《にゅうか》したよ」

クレオはまるで、すごい秘密《ひみつ》を打ち明けるみたいにいった。

「じつは、今日《きょう》はサメの本がほしくて来たんだ」

クレオがアディの方を見ると、アディははじめて来た場所に、まだなじめずにいた。

「へえ、そうだったの」

「うん。なにか、いい本ってあるかな？」

「たしか、あったと思うんだけど」クレオは考えながらカウンターから出てくると、ノンフィクションのコーナーに向かい、本棚《ほんだな》を探《さが》し回《まわ》って、何冊《なんさつ》かを手にもどってきた。

アディはようやく明るい表情《ひょうじょう》を見せ、食い入るように本を見つめた。

「あったのは、四冊《さつ》。『子どもサメ事典』、『サメのガイドブック』、『サメのクイズ本』、『サメのステッカーブック』」

アディにしたら、四冊《さつ》ともほしいところだろう。ペンケースの中をさぐると、前にアストリッドを訪《たず》ねたときにもらったおこづかいが出てきた。

「これで買える本ってある？」あたしはカウンターに小銭《こぜに》を置いた。

クレオの表情《ひょうじょう》から、どれもこれじゃ買えないんだってわかったけど、クレオはすぐににこっと笑い、ステッカーブックをぽんとたたいた。「これね」

あたしはその本を手に取ると、めいっぱいの感謝《かんしゃ》をこめてクレオを見つめ、「ありがとう、クレオ」とお礼をいった。それから本をアディに手渡《てわた》した。

「さあ、どうぞ」

アディは信じられないといった表情《ひょうじょう》で、その小さな本を大事そうに受け取った。

「じゃあ、帰ろうか」とあたしがいったとき、アディはもういそいそとドアに向かっていた。そして店を出たとたん、うれしそうにかけだし、そんなアディのあとを、あたしは元気よく追いかけた。

✿

家にもどると、母《かあ》さんたちがアディにサメの本のことをいろいろとたずねたけど、アディはなにも答えず、さっさと自分の部屋《へや》に上がってしまった。

あたしは、テーブルで歴史《れきし》のレポートの手直しに取りかかった。レポートは今や、あちこちに肉汁《にくじゅう》のしみがついてしまっていた。父《とう》さんがやんわりといった。

「食事と宿題はべつべつにやった方がいいんじゃないかな」

いい返そうとしたとき、電話が鳴った。母《かあ》さんが出た。

「もしもし。え？　ああ、ちょっと待ってくださいね」

母《かあ》さんがやってきて、あたしに受話器を差し出した。

「あたしに？」口いっぱいにほおばりながらたずねる。

「そうよ。ちゃんと口を空っぽにしてから出るのよ」

あたしは、のそのそと母《かあ》さんのところへ行き、受話器を受け取った。

「もしもし？」

しばらく沈黙《ちんもく》があって、小さな声がいった。「キーディ？」

「そうだけど」

「わたし、アニーっていうの。先週の金曜日の夜、交流センターにいたんだけど」

ああ、野次馬《やじうま》のひとりか。あたしは顔をしかめた。「それで？」

「わたしにも、あの子と同じことをしてくれない？」

思いがけない言葉に、あたしは固まった。

「わたし、いじめられてて。だから、その……相手に、やめるようにいってほしいの」

あたしはようやく息がつけるようになると、笑っていった。

「これって、なんかのいたずら？　ニナとぐるになって、あたしをはめようとしてる？」

「ちがう。まじめに話をしてるの」

「じゃあ、あたしもまじめにいうけど、お断《ことわ》りだね」

あたしが電話を切ろうとすると、アニーがいった。

「お礼はちゃんと払《はら》うから」

受話器を置く手が止まる。あたしはキッチンを出て、廊下《ろうか》の壁《かべ》にもたれた。ふと手を見ると、つめに汚《よご》れがたまり、指輪の内側が緑色に変色している。あたしは入れたいと思っているタトゥーのことを考えていった。「いくら？」

「いくらだったら、引き受けてくれる？」

あたしは笑った。そしてばかばかしいと思いながらいった。

「さあ。なにをするのかにもよるしね。明日《あした》、あたしのオフィスに来てよ」

「それって、どこにあるの？」

「図書館のグラフィックノベルの棚《たな》のところだよ。午後の予鈴《よれい》が鳴るまでに来て」

「わかった。じゃあ、そのときに。ひとりで来てね」

「あたりまえでしょ」

電話が切れると、あたしはしばらく壁《かべ》をじっと見つめた。壁《かべ》には額《がく》に入った写真が飾《かざ》られている。ぴったりとよりそうように写る、写真の中のニナとあたし。でも時が流れ、いつのまにか同じ額《がく》に入ることもなくなってしまった。

「電話、だれからだったの？」母《かあ》さんがさぐるような目でたずねる。

「べつに。なんでもない」あたしは、ぼそりと答えた。

いじめられてる子が、助けを求めてきただなんて、だれにもいうつもりはなかった。

7

「来てくれてありがとう」

アニーがもじもじしながらいった。ほおが赤く、気弱そうな目をした子だ。

あたしがぶっきらぼうにあいさつし、足でビーズクッションを引《ひ》き寄《よ》せると、アニーはおそるおそるとなりに座《すわ》った。気まずい時間が三十秒ほどあって、あたしは切り出した。

「それで、だれなの？　あなたをいじめる子って？」

アニーは一瞬《いっしゅん》ためらってから、こういった。

「水曜日の三時間目の美術《びじゅつ》の授業《じゅぎょう》の前に、キャット・バンフィールドが、いつもいやがらせをしてくるの」

「場所は？」

「美術準備室《びじゅつじゅんびしつ》よ」

「毎週？」

「そう」

「具体的になにをされるの？」

アニーはどう説明したらいいか悩《なや》んでいる。その姿《すがた》に、あたしはちょっと同情《どうじょう》した。これこそがいじめっ子のねらいなのだ。もしだれかにうでをたたかれたのなら、そでをまくって、あざを見せればすむ。もしだれかに髪《かみ》を引《ひ》っ張《ぱ》られたのなら、痛《いた》かった分、説明もしやすい。

でもいじめの中には、煙《けむり》のようなものがある。火のように、やけどを負わせるのではなく、息ができないようにするのだ。外から見てわからないから、証明《しょうめい》するのが難《むずか》しい。

「明日《あした》、行ってみるよ」

アニーがぱっと顔を上げた。

「ほんとに？」

あたしは肩《かた》をすくめていった。「うん」

あたしはキャット・バンフィールドなんてこわくない。あたしがこの学校で恐《おそ》れているのはひとりだけ。それも、美術準備室《びじゅつじゅんびしつ》でこそこそ意地悪する十五歳《さい》とはわけがちがう。

報酬《ほうしゅう》は、半分を前払《まえばら》いしてもらい、キャットと話をつけたら、残りの半分を払《はら》ってもらうことにした。金額《きんがく》はあたしが適当《てきとう》に決めた。先に十ポンド、あとで十ポンド、ぜんぶで二十ポンドだ。アニーと握手《あくしゅ》をし、図書館を出ようとしたら、だれかに呼《よ》ばれた。

「キーディ？」

びくっとしてふり返ると、図書館司書の若《わか》い先生だった。カウンターで本を分類している。あたしがそばに行くと、先生は親しみをこめてにっこり笑った。

「司書のアリソンだよ」

「えっと、アリソン先生、なにか？」

「いや、べつに」口ではそういったけど、なんとなくとがめるような口調だった。あそこでこそなにをしていたかお見通しだよ、とでもいうように。

「じつは、スピーチコンテストに出場してくれそうな生徒に声をかけててね」

「ああ、あの『テレビ局も取材に来る』っていう？」あたしは校長先生の高ぶった声色《こわいろ》をまねていった。校長先生は、「取材」という言葉に弱い。

「そう、あのコンテストだ。一年生と二年生※はまだ参加できないし、もっと上の学年の子はけっこう申しこんでくれてるんだけど、三年生がまだひとりもいなくてね。きみたちの学年は、学校行事への参加にかなり消極的なようだね」

先生がいいたいことはわかる。じっさい、あたしたちのまわりでは、なにかが変わりはじめていた。みんな、人からどう見られるかばかり気にし、トイレにはヘアスプレーのにおいが充満《じゅうまん》し、会話はすべてオンライン上で交《か》わされる。

「スピーチなんて、あたしには向いてないと思うんですけど」

それはたしかだ。あたしの意見にみんなが耳を傾《かたむ》けるとは思えない。

※スコットランドの中学校（セカンダリー・スクール）の一年生は十一歳《さい》～十二歳《さい》

「そうかなあ。とりあえず、きみの名前を出しておくよ」

先生は陽気にいってみせたけど、いつもはおだやかな先生の声に、一歩も引かない決意のようなものが感じられ、なんか意外だった。

「きみみたいな子が必要なんだよ」

「あたしみたいな子？」

そういういい方には、つい警戒《けいかい》してしまう。あたしには自閉的《じへいてき》なところがあって、学校生活では、ほかの子たちがしなくていいような体験をいろいろとしている。

先生の中には、人とちがうってどんな感じか、みんなの前でいわせる先生もいる。かと思えば、自閉《じへい》の診断《しんだん》が下りたときには、教室のすみへ連れていかれ、「特別扱《あつか》いはしませんからね」と怒《おこ》っていってきた先生もいた。「あなたはほかの子たちとなにも変わらないんだから」と――。

相手は悪意からいってるのに、いつも心のどこかに、本当にみんなと同じだったらいいのにって思いがあるから、一瞬《いっしゅん》、その言葉を信じたくなる。でもつづけて、「自分の姉の姑《しゅうとめ》の家の牛乳《ぎゅうにゅう》配達人の妻《つま》が教えている子たちは、もっと症状《しょうじょう》が重いし、本当の自閉症《じへいしょう》っていうのは、ああいう子たちのことをいうんだ」とかいわれると、めちゃくちゃ腹《はら》が立つ。自閉《じへい》スペクトラム症《しょう》は人それぞれ出方がちがうのに、なにも知らない人間が、「その程度《ていど》で」みたいなことをいうな、といいたくなる。

でも、そういう思いは、自分の胸《むね》の内にしまっておく。門番の前で感じよくふるまっていれば、いつか門が開き、外へ出してもらえるはずだから。

あたしは大きく息をつき、〈フィクション〉の棚《たな》を見回した。

「ここには、あたしみたいな子が登場する本がないね」

「物語の中にってことかい？　この前すすめた本はどうだった？」

「けなすつもりじゃないんだけど、自閉《じへい》のきょうだいがいる子の話は、自閉《じへい》のヒーローが活躍《かつやく》する話とはちがうんだ。でも、ああいう話、ニナはすごく好きそう。エゴがさらに刺《し》激《げき》されるからね」

「なるほど。つぎはもっといい本を探《さが》しておくよ。学校図書館には、もっと多様な人物が登場する本が必要だからね」

「そういう本ならいろいろあるよ。シャーロック・ホームズに、フィンセント・ファン・

ゴッホ、『高慢《こうまん》と偏見《へんけん》』に登場するダーシー氏、『若草《わかくさ》物語』のジョーとベス、『デイヴィッド・コパフィールド』のディック氏とかね」

アリソン先生の目がおどる。

「驚《おどろ》いたな。今あげた人たちは、みんな自閉《じへい》なのかい？」

「そうだよ」あたしはドアに向かいながらいった。「ただ、物語が書かれた当時は、まだ診断書《しんだんしょ》なんてなかったけどね」


「ボニー！」

あたしが呼《よ》ぶと、花屋の店先でひまわりの花をうっとりとながめていた親友のボニーが、ぱっと顔を上げた。そのあどけない笑顔《えがお》に、思わず目がうるっとなる。

おちゃめで好奇心《こうきしん》いっぱいのボニーを前にすると、自然と心がほぐれる。ボニーはいつもまっすぐな心で、相手を楽しませてくれる。でも、そういうボニーのよさを、この村や世間《せけん》はおさえこみ、つぶそうとする。

ボニーの家族ですら、そのよさがわかっていない。だから、ボニーがからだをゆすってスティミング（自己刺激行動《じこしげき》）をしたり、素《す》の自分をさらけ出したりすると、すぐ目くじらを立てて注意する。それでも自分を見失わないボニーの姿《すがた》を見ていると、どんどん勇気がわいてくる。

あたしとボニーは、あらゆる点で似《に》てない。ボニーが好きなのは数字で、あたしが好きなのは言葉。ボニーはじっと観察するタイプで、あたしはすぐ行動に出るタイプ。ボニーはいつも話を聞く側で、あたしはしゃべる側。あたしが泳ぎ方を忘《わす》れて途方《とほう》に暮《く》れているとき、ボニーは川底で砂金《さきん》を見つける。

みんながどんなにその心をくじこうとしても、ボニーは必ず太陽を見つけ出す。まるでひまわりの花ようだ。

花屋の店先で、あたしとボニーは学校のバッグをクッションがわりに、からだをぶつけ合った。しまいには、店の外に折り重なるように倒《たお》れ、ふたりでキャッキャッと笑った。ボニーはいつだって、くったくなく笑う。すると、まわりもつられて笑ってしまうのだ。

「おふたりさん、だいじょうぶ？　ホースで水でもかけましょうか？」

倒《たお》れたまま目を開けた瞬間《しゅんかん》、まるで心臓《しんぞう》をわしづかみにされたみたいに、息が止まりそうになった。

二つの茶色い目玉が、あたしたちを見下ろしている。長いまつげに、長い髪《かみ》。ターコイズ色のメッシュ入りの髪《かみ》を三《み》つ編《あ》みにしている。

「この子は、エンジェルよ」

そう、うれしそうに紹介《しょうかい》するボニーの声が、どこかこだまがかっていて、遠い感じがする。

「エンジェルも、わたしたちとおんなじなのよ！」

からだを起こそうとするけど、不意打ちを食らったせいか、うまく起き上がれない。

「おんなじって？」

「自閉的《じへいてき》ってこと」

エンジェルは、にっこり笑ってそういうと、虹色《にじいろ》のダンガリーズボンのポケットに両手をつっこんだ。同い年ぐらいに見えるけど、学校では見かけたことがない。

「エンジェルは、バラリー・コーナー校に通ってるの」

いつもながら、ボニーが、あたしの心を読んでいった。

「聞いたことのない学校だな」まだ頭がぼんやりしている。

バラリーは、ここから五キロほど離《はな》れたところにある、おしゃれな村だ。

「そこは、わたしたちみたいな脳《のう》の特性《とくせい》を持った子たちが通う中学校なの。パパがそこの先生なんだ。通学するのに長いことバスに乗らなきゃいけないけど、いい学校よ。犬や馬がいっぱいいるし」エンジェルが楽しそうに語る。

「へえ、そうなんだ」あたしにしてはめずらしく、言葉が出てこない。「えっと、その……、みんなとちがうのは、ボニーとあたしだけかと思ってた」

口にしてしまってから、われながら間のぬけたことをいったもんだと思った。エンジェルはなにもいわず、あたしたちはしばらく見つめ合った。

「その学校はね、設備《せつび》が立派《りっぱ》な分、お金がかかるの。そうじゃなかったら、わたしも通いたいのに」ボニーがさらりという。「そうだ、キーディ、これからまた森の方へ行ってみない？」

あたしは、気持ちを切りかえていった。

「そうだね。その……エンジェルもいっしょにどう？」

エンジェルは、ほほ笑《え》んでから首を横にふった。

「お母《かあ》さんが銀行からもどってくるまで、店番を頼《たの》まれてるの。ふたりで楽しんできて。それからボニー、また明日《あした》、球根をわけるの手伝《てつだ》ってね」

そういうと、エンジェルは店の奥《おく》へと姿《すがた》を消した。ボニーは森に向けて歩きだした。

「ねえ、行かないの？」

「行くよ」あたしはボニーのあとにつづきながらいった。「行く、行く」

歩きながら、今日《きょう》あったことや、アニーの一件《けん》をボニーに話す。ボニーは思ったことを正直にいってくれるから、なんだって話せる。あたしの最高の相談役だ。

「いじめはよくないよ」ボニーはきっぱりといった。「だから、やめさせるのはいいことだと思うよ。悪い流れを逆《ぎゃく》にするってことだから」

「まあ、そうだよね……」あたしは少し自信なさげにいった。「でも、なんかやり返すみたいで、あまりよくない気がするんだ。ボニーはどう思う？」

ボニーは顔をしかめていった。

「悪いことをしている人を止めるんだから、いいことだと思うよ。相手がいやな思いをするのはほんの一瞬《いっしゅん》。でも、いじめられていた子は、ずっと助かるんだよ」

「そうか、そうだよね！」だんだん自信が出てきた。「ボニーのいうとおりだよ。ありがとうね、ボンボン」

うすぐもりの空の下、木立のあいだをもくもくと歩く。目に映《うつ》るのは、緑色や茶色の木の葉だけで、灰色《はいいろ》の空は木々《きぎ》にさえぎられて見えない。ふと、ボニーがいった。

「母《かあ》さんがいってたんだけど、またイングランドに引《ひ》っ越《こ》すことになるかも」

たいしたことじゃないって口調だったけど、あたしはショックのあまり、こう叫《さけ》びたかった。ボニーみたいなやさしい子には、もっとボニーのことを考えてくれる、やさしい家族がふさわしいって。でも、やめた。前に夕食の席でそういったら、母《かあ》さんに、他人の家のことに口出しするもんじゃないっていわれたから。

だけど、ボニーはあたしの大親友で、他人なんかじゃない。

「イングランドでは、あたしたちみたいな子のことを、なんていうか知ってる？」

「ま、だいたい想像《そうぞう》はつくけど、いってみて」

「SEND《センド》」

「SEND《センド》？」

「そう」

「なんかの言葉の略《りゃく》？」

「Special《スペシャル》 Educational《エデュケイショナル》 Needs《ニーズ》 and《アンド》 Disabilities《ディサビリティーズ》（特別支援《しえん》教育児）の頭文字《かしらもじ》をつなげたもの」

「なんで、ふつうに障《しょう》がい者《しゃ》っていわないわけ？」

ボニーは肩《かた》をすくめた。こうしてふたりで話しこんでいるようすを外から見たら、まるで見知らぬ惑星《わくせい》で生きぬこうとしている、二体のエイリアンみたいに見えることだろう。

「たぶん、あたしたちを、どこかへ追いやりたいからじゃない」

ボニーが消え入るような声でいった。ボニーの声には、悲しみがにじんでいた。

「そんなことはさせない」

あたしは、その悲しみのしずくをぬぐい去るようにいった。

ボニーがうつむいたままにっこり笑う。「ほんとに？」

「約束する」

前に北極星の話を読んだことがある。かつて船乗りたちは、真っ暗な夜の海を進むとき、北極星を目印にしたという。もしあたしが船乗りだとしたら、ボニーはあたしの北極星だ。潮《しお》の流れに関係なく、ボニーを目印にひたすら船をこぎつづける。いってみれば、ボニーはあたしの道しるべ。それはこの先もずっと変わらない。

しばらくふたりでだまって歩いたあと、あたしは話題を変えようと、こう聞いた。

「で、あのエンジェルって子とは、いつから友だちなの?」

8

美術《びじゅつ》準備室《じゅんびしつ》へ行くと、キャット・バンフィールドが緊張《きんちょう》した面持《おもも》ちで、アニーを待《ま》ち構《かま》えていた。そのようすを見たら、やり合う前から拍子抜《ひょうしぬ》けしてしまった。いじめっ子がびくびくしてるなんて、どうもしっくりこない。

人をいじめる子というのは、じつはすごくこわがりで、強く見せようとしているだけだって、先生たちがいっていたのが、今はじめてわかった気がした。

ガチガチに緊張《きんちょう》しているキャットを見たら、なんだかちょっとかわいそうな気がしてきた。でも、すぐに、アニーの弱々《よわよわ》しい声と切実なうったえを思い出し、声をかけた。

「キャット？」

キャットがびくっとしてあたしを見た。そりゃそうだ。ふだん関わりのない、知らない相手からいきなり声をかけられたらびっくりするだろう。こうして今、同じ部屋《へや》にいる理由だって見当もつかないはず。今のところは——。

「アニーのことで話があるの」あたしは静かに切り出した。

「え？　なに？」

キャットが、すばやくあたしの手元を見た。隠《かく》し撮《ど》りでもされてると思ったのだろう。ふだんから、スマホで撮《と》った画像《がぞう》をネットに上げてトラブルを起こすやつらのことは軽《けい》蔑《べつ》している。あたしはただ、話を聞いてもらいたいだけだ。

「もう、アニーにかまわないでくれる？」

キャットの表情《ひょうじょう》に一瞬《いっしゅん》なにかがよぎったあと、すぐ、信じられないという顔に変わった。

「ちょ、ちょっと、なんなわけ？　あっち行ってよ」

あたしはずんずん近づくと、いった。

「アニーはこういうやり取りが苦手だから、かわりにあたしがいいに来た。あんたがいじめるせいで、アニーは美術《びじゅつ》の授業《じゅぎょう》がくるのを恐《おそ》れてる。すぐやめなさい」

なにをいうかは、前もって準備《じゅんび》し、頭の中で練習しておいた。あたしはふだんから、前もってセリフを用意しておくことが多い。

自閉《じへい》じゃない人たちは、心の内とはちがう言動を取ることがよくある。ただ、そこにはなにかパターンのようなものがあって、これを覚えておくと、先の展開《てんかい》が読みやすい。

たとえば、「朝起きたときはくもっていたけど、今はだいぶ晴れてるよ」といえば、朝は気分が沈《しず》んでたけど、だんだん気持ちが上向いてきたってこと。天気の話をしているようで、じつは心の状態《じょうたい》について話しているのだ。

そうやって準備《じゅんび》して臨《のぞ》んだのに、キャットの反応《はんのう》は予想外のものだった。てっきり、なにかいいわけしてくると思ったのに、キャットはおびえ、言葉を失っていた。

「だれにもいわないで」

小声でようやくそれだけいうと、キャットは走り去っていった。

なんだ、あれ？　ケンカになることぐらい覚悟《かくご》してたのに——。

いじめっ子ってじつは、不安や恐《おそ》れで心がねじれてしまっていて、だから、そのねじれをだれかが解《ほど》いてあげるだけでいいのかもしれない。

ほんと、あっけなくてびっくり。ひょっとして、あの子、あたしのことこわがってる？

ちょうど自閉《じへい》の診断《しんだん》を受けたころ、あたしは登校したりしなかったりする日がつづいていて、学校でいろいろうわさされたりもした。でも、ニナのきょうだいで、しかも活発な性格《せいかく》だったから、とやかくいってくる子はいなかった。ボニーという親友がいたし、クラスメイトともだいたいうまくやっていた。

あたしを見て、あんなにびくびくした子を見たのは、はじめてかも。

図書館でアニーと落ち合ったとき、うまくいったからだいじょうぶと伝えた。

「怒《おこ》ってた？」アニーが、あたしの顔色をさぐるようにたずねる。

「いや。むしろ、うろたえてたね」

もしかすると、自分ではいじめてるって気づいていない場合も多いのかもね。

図書館のとなりのパソコン室にいると、アリソン先生が、表紙に肖像画《しょうぞうが》の入った、いかにも昔の人について書かれたっぽい本を一冊《さつ》持ってきた。

「きみのスピーチの参考になるんじゃないかと思ってね」

あたしはその本を手に取った。

「ふうん、ダンカン・ジュニパーかあ。あれ、この顔、なんか見覚えがある」

「講堂《こうどう》に胸像《きょうぞう》が置いてあるからね。この学校も彼《かれ》が建てたんだけど、ほかにも、この村にいろんなものを作ったんだ」

「へえ。なんかつまらなそう」

アリソン先生が笑う。

「なかなか興味深《きょうみぶか》い人物だよ。きみのスピーチにぴったりだと思うんだけどな」

ずいぶん熱心に推《お》してくる。気さくで人当たりもいいし、強引さはないけど、なにか一歩も引かない決意のようなものが伝わってくる。なぜなのかはわからないけど。

あたしは、もともと人の気持ちをくみ取るのが苦手だ。大人《おとな》はよく子どもに、「相手のくつをはいて考えようね」っていう。でも、あたしには、みんながぺたんこのゆったりしたスリッパをはいているのに、自分だけがハイヒールをはかされているような気がしてならない。一日が終わるころには、もうくたくた。みんなだって、もしあたしのみたいなくつをはかされてたら、今みたいに楽々《らくらく》とは歩けないはず。

ふと、お花屋さんのエンジェルの顔が頭に浮《う》かんだけど、すぐふりはらった。

「この本を借りると、二冊貸《さつか》し出《だ》し中ってことになるのかな。それにしても、このあいだのきみの知識《ちしき》には驚《おどろ》いたよ。ずいぶんたくさんの名作を知ってるんだね」

「小学生のときに読んだから」

「え?」まじまじと見つめるアリソン先生。

「なんか、おかしいですか?」あたしは先生を見つめ返した。

「いや。あらためてびっくりしちゃってね。このダンカン・ジュニパーの本も、ぜひ読んでもらいたいな」

あたしは、やれやれと思いながら、笑っていった。「わかりました」

先生が、あたしのことを買ってくれるのはうれしいけど、とまどいも感じる。しかも、なんでこのテーマ？　ふだんは、自閉《じへい》についてしゃべらされることが多いのに。自閉《じへい》と診断《しんだん》されて混乱《こんらん》していたとき、先生たちはあたしの気持ちに寄《よ》り添《そ》うどころか、あたしを前に立たせてみんなに説明させようとした。授業《じゅぎょう》用の教材みたいに。

あたしは、だれかの練習台になる気はなかったし、当然うまくいかなかったけど。

✿

「いじめっ子退治《たいじ》」の残りの報酬《ほうしゅう》を、アニーはちゃんとロッカーに入れておいてくれた。あと、その話をまわりに触《ふ》れ回《まわ》ったにちがいない。あれ以来、みんなの態度《たいど》が変わった。ランチのとき、みんながちらちら見てきたし、なかには、あたしのところまでやってきて、もっと依頼《いらい》を受けないのって聞いてくる子もいた。

ボニーに電話でその話をすると、「やったらいいじゃない」っていわれた。

ベッドわきの貯金箱《ちょきんばこ》をじっと見つめていると、ドアをノックする音がして、びくっとした。

「おっと、ごめんよ」父《とう》さんがあわててあやまる。「ティーンエイジャーを驚《おどろ》かせると、罵詈《ばり》雑言《ぞうごん》が飛んでくるって本に書いてあってね」

父《とう》さんの、こういうくだらないじょうだんを、ニナはうっとうしがるけど、あたしの場合、笑いのつぼが父《とう》さんといっしょだから笑ってしまう。

「どうしたの？」

「いや、これから村の委員会に出かけるんだが、母《かあ》さんはアデラインの世話があるし、ニナはそんなところへ行くぐらいなら死ぬっていうから」

あたしはにっこりしていった。「くつ、はいてくるね」

ふたりで村役場に向かう。父《とう》さんのペースに合わせると、小走りになる。村の委員会に出るのははじめてだけど、いつも父《とう》さんがおもしろおかしく語って聞かせるので、いつか出てみたいと思っていた。

村役場は人でいっぱいで、もううしろの方の席しか残っていなかった。前の方にエンジェルとそのお母《かあ》さんの姿《すがた》が見えた。あたしは、なぜか見られたくなくて、いすに埋《う》もれるようにこしかけた。エンジェルは前を向いたままだ。

「本日は、週末に行われる村の創立《そうりつ》祭の計画について話し合いたいと思います」

議長のマッキントッシュさんが、ほこらしげにいった。マッキントッシュさんはこの村をだれよりも愛していて、通りのパトロールをはじめ、村のためなら、どんな役目だって買って出る。

「お祭りに出店してくださる店主のみなさん、その熱意とご協力に感謝《かんしゃ》いたします」

しんと静まり返ったあと、だれかがコホンと咳《せき》ばらいし、委員会はつづいた。

レアードさんが畑に入ってきた牛について文句《もんく》をいったあと、シンクレア夫人が、病院の新しい受付の人が気に入らないと発言。ところが、その当人がすぐ近くに座《すわ》っていたから、さあ大変。気まずい空気が流れ、ふたりはおたがいに冷たい目で見つめ合った。マッキントッシュさんは、やんわりとその苦情《くじょう》を退《しりぞ》けた。

そのとき、ひとりの女の人が立ち上がった。あたしが、うんざりするほどよく知る先生。巨大《きょだい》なハシビロコウのようなその姿《すがた》を見た瞬間《しゅんかん》、金縛《かなしば》りにあったみたいにからだが動かなくなる。近づいてくる列車のライトを前に、足がすくんでしまうみたいに。

先生が立つと、場がしんと静まり返った。父《とう》さんがあたしを見る。あたしはからだを固くしたまま、先生のうしろ姿《すがた》を見つめた。あの冷酷《れいこく》さは今もしっかり覚えている。

「まさかあなた、自分が優《すぐ》れてるだなんて、本気で思ってるの？」

あの先生が担任《たんにん》だったときの記憶《きおく》は、触《ふ》れてはいけない、ガラスの破片《はへん》のようなもの。

マーフィ先生は、ゆっくりと、なめらかな口調でこう切り出した。

「今週、学校のわきに車をとめた人がいます。しかも、不注意なことに、車のハンドブレーキをかけ忘《わす》れていました」

あちこちから、ひそひそ声や舌打《したう》ちが聞こえる。その一件《けん》とやらを知っているのだろう。マッキントッシュさんはけわしい表情《ひょうじょう》で、まったくけしからんというようにうなずいている。

「犠牲者《ぎせいしゃ》でも出たの？」小声で父《とう》さんに聞くと、父《とう》さんは、にやっとしかけて首をふった。先生は話をつづけた。

「車はじりじりと進み、最後は小屋にぶつかって止まりました。爆発《ばくはつ》が起こっていてもおかしくありませんでした」

「その小屋に、ガソリンとか導火線《どうかせん》とか、なんか危険《きけん》な物でも置かれてたわけ？」

あたしがいうと、父《とう》さんがもう一度首をふった。顔がかすかに笑ってる。

「まったく、ゆゆしきことだ」マッキントッシュさんがつぶやく。「この件《けん》は、わたしの責任《せきにん》でちゃんと調査《ちょうさ》をします」

「ってことは、車はゆっくり何メートルか進んで、空《から》っぽの小屋にぶつかった。たいしたことじゃないね」

よくあることだけど、あたしは自分でも気づかないうちに、大きな声でしゃべっていることがある。

みんながあたしの方をふり返った。表情《ひょうじょう》を読みとるのは苦手だけど、どうやら怒《おこ》っているようだ。本当のことをいっただけで、なぜそんな顔をするのかわからないけど。

父《とう》さんの方を見ると、もう笑ってなくて、困《こま》った顔をしていた。

「なんですか？　今、なんかいいましたか？」

マーフィ先生の、相手を射《い》ぬくような鋭《するど》い視線《しせん》に、一瞬《いっしゅん》、父《とう》さんのコートのかげにかくれたくなった。

「だいじょうぶだ。キーディ」父《とう》さんがなだめたけど、あたしは立ち上がっていた。

場がしんと静まり返る。

「だれか、けが人が出たんですか？」

あたしがたずねると、だいぶしてから先生が答えた。

「いいえ。でも出ていたかもしれません」

「ちょっとうっかりしてただけでしょ。だれがやったにしても、もう二度と同じ失敗はしないはず。おおさわぎするようなことじゃないよ」

「口をつつしめ」前方のだれかがぼそっと、でもきつい口調でいった。

口の中に苦いものが広がったけど、だまる気はない。

村を彩《いろど》る美しい花々《はなばな》にごまかされてはいけない。この村がもっとも大切にしているものの、それは同調性《どうちょうせい》だ。お祭りに花冠《はなかんむり》、野外パーティ、そして交流センターのダンス、すべて、この村の同調性《どうちょうせい》の表れだ。「同調性《どうちょうせい》」という言葉をはじめて習ったとき、まず頭に浮《う》かんだのが、この村とそこに暮《く》らす人たちの姿《すがた》だった。あたしはその言葉を指でなぞって記憶《きおく》にとどめた。この村は、同調性《どうちょうせい》という名のもとに結束している。それを伝統《でんとう》と呼《よ》ぶ人もいるけど、あたしはちがう。

「つまり、けが人は出ていない。〈かもしれない〉と〈なった〉、はちがうんじゃない？」

今ごろになってこわくなってきたけど、がんばってマーフィ先生の目を見返す。いつもそうだけど、やってしまったあとに気づくんだ。呼吸《こきゅう》するみたいに自然にやってしまうから、防《ふせ》ぎようがない。

同じ場面を見ていても、みんなとは聞こえてるストーリーがちがうんだってことを、つい忘《わす》れてしまう。みんなと同じページを読んでいるはずなのに、自分だけちがうページを読んでいるみたいに感じることがよくある。今、何ページを読んでるの？　って聞いてもむだ。あきれた顔でうっとおしそうににらまれるだけだから。べつに、わざとじゃないのに。だから、おくれを取らないように、さっさと動かなきゃ。かしこくならなきゃ。

「ご意見ありがとう。えっと……」だれだっけ？　というようにマッキントッシュさんが、目を細めてあたしを見る。眼鏡《めがね》をかけてないから、よく見えないのだ。

「ダロウさんです」マーフィ先生がかわりに答えた。

「キーディだよ」緊張《きんちょう》しているせいか、小さな声しか出ない。

「勉強になったわ。ありがとう。また会えてうれしいわ、キーディ」

先生はそういったけど、あたしは、心にもないことをいう気はない。

「そうそう」と、マーフィ先生が冷たいまなざしのまま、あたしににっこりほほ笑《え》みかけた。「みなさん、こちらのダロウさんは、今度、学校のスピーチ大会で、ダンカン・ジュニパーをたたえるスピーチをされるんですよ。村の偉大《いだい》なる創立者《そうりつしゃ》について、どんな話を聞かせてくれるのか、楽しみですわ」

こういう場でうまくやるのは、マーフィ先生の方だ。心の中でもやもやとしていたものが形になる。先生の、そのさりげなく毒《どく》をこめたいい方に、あたしは心を決めた。

席につくと、父《とう》さんが顔をのぞきこんできたけど、あたしはだまっていた。父《とう》さんが知ってるのは、あの先生が前に担任《たんにん》だったってことだけ。どんな先生かまでは知らない。あたしに、いじめっ子と話をつけてほしいって頼《たの》んできた子たちの気持ちが、今はよくわかる。ほかの人のために立ち上がる方が、自分の敵《てき》と戦うよりずっと楽だ。

さっきまでのぴりぴりした空気は少し落ち着き、マッキントッシュさんは創立《そうりつ》祭の準備《じゅんび》の議題に話を進めた。席についたあとも、あたしの興奮《こうふん》はおさまらなかった。父《とう》さんが、そんなあたしをなだめるように、うでをトントンとたたいた。

エンジェルがちらっとこっちを見たけど、あたしはさっと目をそらした。同調性《どうちょうせい》とか、同調性《どうちょうせい》の申し子みたいな人たちのことは気にするな。そう自分にいい聞かせても、心の奥底《おくそこ》にはもやもやしたものが居座《いすわ》ったままだ。

ポケットに手を入れ、二枚《まい》の紙に触《ふ》れる。いじめっ子退治《たいじ》を頼《たの》んできた子たちの名前と電話番号が書かれた紙——。これであたしも、みんなに溶《と》け込《こ》めるかもしれない。そう思ったら、急にやる気が出てきた。

だれにもいえない秘密《ひみつ》の計画のことを考えると、肋骨《ろっこつ》に響《ひび》くほど胸《むね》がドキドキしてくる。マーフィ先生を目にしたことで、あたしの中でなにかが変わった。いじめっ子退治《たいじ》、やってやろうじゃない。そのお金を貯《た》めて、この村を出てやるんだ。

9

あたしは、いじめに悩《なや》む子たちの依頼《いらい》を受け付けることにした。やり方は、あたしが決めるし、値段《ねだん》もまけない。やって来た子たちの中には、いい値《ね》を払《はら》えない子もいた。

はじめのうちはこっそりやってたけど、週末を迎《むか》えるころには、気持ちが大きくなって、パソコン室でこんなチラシまで作った。

キーディ・ダロウの〈いじめ退治《たいじ》代行サービス〉
ただいまご予約うけたまわり中。あくまでも非暴力《ひぼうりょく》で対応《たいおう》します。学校のいう「いじめゼロ対策《たいさく》」に失望している方、ぜひご連絡《れんらく》を。

できたチラシは、廊下《ろうか》で配り歩いた。吹《ふ》き抜《ぬ》けの階段《かいだん》の上からまくと、落ち葉のようにぱあっと舞《ま》い落《お》ちた。ロッカーにも入れたし、図書館の近くにはチラシの山を置いた。ほかにも、音楽室の譜面台《ふめんだい》の上に置いたり、自販機《じはんき》のあいだに差しこんだりもした。
でも、あたしがいちばんねらいをつけたのは、ビーズクッションの置かれた談話室だ。そこの掲示板《けいじばん》にはいろんなお知らせがはられていて、昼休みの終わりにチェックしにくる子が多い。それより前だと、スクールカースト最上位のいわゆる「イケてる子」たちがクッションを占領《せんりょう》していて、入りにくい。

その集団《しゅうだん》のリーダーが、わがきょうだいなんだから、なにを恐《おそ》れることがあろう。

談話室に入ると、ヒュー、ニナ、ヘザー、ソフィ、キム、スペンスの六人が掲示板《けいじばん》の前でだべっていた。ずかずか踏《ふ》みこんできたあたしを見て、ぎょっとする六人。ニナは、あたしがなにかおかしなことをしでかすんじゃないかと、びくびくしている。ヘザーは、あたしのことを、まるでピカピカの学校を汚《よご》しに沼《ぬま》からはい上がってきた怪物《かいぶつ》を見るような目でじろりとにらんできた。スペンスは、いつもどおりのあほ面《づら》。ニナとあたしがきょうだいだってことにも気づいてないかも。

ヒューがあわてて目にかかった髪《かみ》をはらい、咳《せき》ばらいをした。そのおかしなあわてぶりに、ニナがヒューを見つめ、それからあたしの方を見た。ニナが顔をくもらせるのがわかったけど、あたしは気にせず、残った最後のチラシを、みんなによく見えるよう、掲示板《けいじばん》のど真ん中にはりつけることにした。

自称《じしょう》「イケてる子」たちの輪をひょいとまたぎ、チラシを青い掲示板《けいじばん》にはりつけていると、ソフィがのけぞりながらいった。

「ちょっと、キモイよ。さわんないでくれる?」

あたしは知らん顔してチラシをとめた。これからはじめようとしている反撃《はんげき》計画のことを考えると、気持ちが高ぶって頭がくらくらしてくる。

「なんなのよ、それ?」

ニナが声を震《ふる》わせてたずねる。そしてよろよろと立ち上がると、肩《かた》であたしを押《お》しのけるようにして掲示板《けいじばん》にはられたものを見た。からだじゅうから、恥《は》ずかしさがにじみ出ている。あたしがにやっとして戸口に向かっていると、ニナがいった。

「ちょっと、キーディ、これ、どういうことよ?」

学校一クールな女子のあわてぶりに、戸口付近に固まっていたほかの子たちが、なにごとかといぶかしそうに見ている。

あたしは廊下《ろうか》にいる子たちにも聞こえる声でいった。

「通告《つうこく》みたいなもんよ。学校がいじめをなくせないなら、あたしがかわりにやるってね」

あたしが歩きだすと、みんなはあきれた顔で、よけるように道を開けた。でも、なかには期待のこもった目で見つめる子や、さっそくチラシを取っていく子の姿《すがた》も見えた。

いじめ退治《たいじ》の話はあっというまに広がり、歴史《れきし》の授業中《じゅぎょうちゅう》、あたしは校長室に呼《よ》ばれた。歴史《れきし》のロス先生は驚《おどろ》いた顔で、呼《よ》びにきた職員《しょくいん》にこういった。

「すぐに帰してくださいね。スターリン政権《せいけん》の分析《ぶんせき》をやらせたら、キーディの右に出る生徒はいませんから」

あたしはにやっとして校長室に向かった。

校長室に入ると、校長先生は落ち着かなそうに「座《すわ》りなさい」といった。部屋《へや》には書類の棚《たな》が、まるで迷路《めいろ》のように並《なら》び、先生の机《つくえ》の上には額《がく》入りのフレンチブルドッグの写真が立ててあった。

「この犬は?」あたしは、はしゃいでいった。

「うちのナゲットだ」先生がしぶしぶ答える。「だが、そんな話を——」

「すっごくかわいい。前からずっと犬が飼《か》いたいと思ってて。親友にゴールデンレトリバーを……」

「本題に入ろう」

先生はあたしの言葉をさえぎると、白髪《しらが》まじりのひげをかきながら、うつろな目であたしを見つめていった。

「これは、いったいなんだね？」

先生が引き出しから、あたしのチラシを一枚《まい》取り出した。こんなこともあろうかと、チラシにお金のことは書かなかった。しばらくためらってから、あたしはこう答えた。

「人助けです。難局《なんきょく》を切《き》り抜《ぬ》けるのが得意《とくい》なので、それを人助けに活《い》かそうと思って」

先生は首をかしげて天井《てんじょう》を見上げ、やれやれとため息をついた。

「きみは、いつも答えを用意しているみたいだね」

ささいなことでしょっちゅう問いただされていると、そういうクセも自然と身につくというもの。――なんでそんなふうに手をいじるの？　なんで相手の目を見ないの？　なんでグループに入らないで、ひとりでふらふらしてるの？　とかね。

先生は、怒《いか》りをこめてチラシを読み上げた。

「いじめ退治《たいじ》代行サービス。学校のいう『いじめゼロ対策《たいさく》』に失望して――」

「書いてある内容《ないよう》なら知ってます」あたしはさりげなく先生の言葉をさえぎった。

学校での自分の立ち位置については、それなりに満足している。べつにほかの子からきらわれてはいないし、先生たちにも、だいたい好かれている。学校に反旗を翻《ひるがえ》そうとしているとか、ほかの子たちをあおっているとか、そういうふうに思われたくはない。

「惹《ひ》きのあるキャッチフレーズがあった方がいいと思って」

「たしかに、目を引くだろうね」

「いじめで苦しんでいるときに、頼《たよ》れるところがあるっていいことだと思うんです」

「先生がいるだろう」目を大きくむき、青筋《あおすじ》を立てながら校長先生がいう。「そういうときのための先生だ！　いいかね、すぐにやめるんだ。チラシは撤去《てっきょ》すること。いじめ退治《たいじ》は禁止《きんし》だ。生徒のいじめに対応《たいおう》するのは、きみじゃなくて、教師《きょうし》だ」

その場はだまって聞いてたけど、いいたいことはあった。いじめる側はいつだって自分の方が被害者《ひがいしゃ》だってフリをする。そうやって、いじめられた側に、声をあげるんじゃなかったと後悔《こうかい》させ、ますます窮地《きゅうち》に追いこんでいくのだ。しかも、先生までもが、いじめっ子側に立ってるんじゃないかって思えることすらある。つまり、「いじめられる子の方に原因《げんいん》がある」、そう思っているのだ。だから助けを求めると、迷惑《めいわく》そうにする。

あたしにとって学校は、いってみれば嵐《あらし》の海。仲間の船員がいないなか、船の修理《しゅうり》もこなしながら、たったひとりで必死にかじを取っている。いじめっ子がいなくたって、じゅうぶん修羅場《しゅらば》だ。そして、いじめっ子たちは、そんな嵐《あらし》の海にひそむ海獣《かいじゅう》だ。

校長先生はくたびれた顔をしている。集会でのお説教はやりすぎな感じもするけど、学校のことを真剣《しんけん》に考えてくれているのはたしかだ。ただ、先生は、かげでこそこそ悪いことをする、ずるい人間がいるのを知らないのだ。交流センターで、あたしがビリヤード台にのぼった本当の理由を知ったら、ちょっとは見方を変えるかもしれない。

あたしは、この学校の先生たちが好きだ。父《とう》さんのいう「安月給」にもかかわらず、いつもにこにこしている。音楽のマクレー先生は、家にある物を持ってきて、音楽室を楽しくかざりつけている。リンゼイ先生は、学校に早めに来て、朝食を食べられない子たちのための朝食クラブを切《き》り盛《も》りしている。みんな、生徒想《おも》いのやさしい先生ばかりだ。

ひとり、例外がいるけど。

でもほかの先生たちは、生徒のために毎日かいがいしく動いていてくれていて、だからこそ本当のいじめっ子に気づく余裕《よゆう》がない。

そこで、あたしの出番だ。嵐《あらし》の中、あたしが船を進めるんだ。

いじめっ子を退治《たいじ》して、先生たちの負担《ふたん》を減《へ》らし、いじめに苦しむ子を助けるんだ。

校長先生だって、あたしがうまくやってるのを見たら、きっと考えを変えるはず。

それに、あたしには報酬《ほうしゅう》も手に入る。その報酬《ほうしゅう》はそのまま、秘密《ひみつ》の計画を実行するための資金《しきん》になる。

つまり、だれにとってもいいことづくし。いじめっ子たち以外はね。

10

放課後、ニナとふたりでアディを迎《むか》えに行こうとしていると、うしろからヒューに呼《よ》び止《と》められた。ニナは、ささっと髪《かみ》をはらって身だしなみをチェックし、ペースを落としたけど、あたしはそのままずんずん歩きつづけた。

ヒューが走ってきていった。

「おい、キーズ、待てよ。校長室に呼《よ》ばれたんだってな？」

答える必要はない。ヒューは、ニナのしょうもない連れであって、あたしの友人じゃない。だから、気をつかって仮面《かめん》をかぶる必要はない。

あたしはさっとサングラスをかけた。今は秋で、空はくもっているけど。

ヒューは、答えないのは聞こえていないからだと思い、もう一度同じことを聞いた。

「一回目で、ちゃんと聞こえたよ」

あたしがいうと、ニナがすかさずヒューにささやいた。

「ほっといたら。失礼な子なんだから」

「ま、おもしろいけどな。そういや、今度のスピーチコンテストで、おれの先祖《せんぞ》のこと話すんだってな」

ヒューの言葉に、足がぴたりと止まる。

「あんた、ダンカン・ジュニパーの子孫なの？」

そういえば、うちに夕食に来たとき、そんなことをいっていたような気がする。

「そうだよ」

「まだ、調べはじめてないから、わかってるのは、講堂《こうどう》にある胸像《きょうぞう》がぶさいくだってことぐらいだね」あたしは、茶化《ちゃか》すようにいった。

「あの胸像《きょうぞう》はまちがいなく、おれにぜんぜん似《に》てないね」ヒューが笑いながらいう。

「あたしの意見、聞いたらショックかもよ」そういって、あわれむようにヒューを見る。

「ちょっと」

ニナがあたしのうでをつかみ、引《ひ》っ張《ぱ》っていく。

「いったいなんなの、その態度《たいど》は？」すごい形相でニナがにらむ。

「あたしは、ニナとちがって意気地《いくじ》なしじゃないからね」

本当はちがう。仮面《かめん》をかぶろうとしても、できないってだけだ。

みんなとうまくやっていくには、仮面《かめん》をかぶって、感じよく見せなきゃいけない。でも、これが自閉《じへい》のあたしにはとんでもなく苦痛《くつう》なのだ。たまに、すごくうまくかぶれることがあって、そうすると今度は、そのまま仮面《かめん》がくっついて、もとの自分にもどれなくなるんじゃないかってこわくなる。

いいたいことをがまんして、ふつうに見せる。それだけのことでしょ？　って思うかもしれない。でも、仮面《かめん》をかぶるってことは、生理的欲求《よっきゅう》を押《お》さえつけること。本来の自分を押《お》しかくせば、まわりから変な目で見られることはなくなるけど、身体はだんだんむしばまれていく。そういうことを、みんなもわかってくれたらいいのに。

父《とう》さんは、仮面《かめん》は戦うための鎧《よろい》だと思えばいいっていう。でも、そんな戦い、そもそも志願《しがん》した覚えもない。

小学校に着くと、アディは中庭で待っていた。手に、クレオの店で買ってあげたサメのステッカーブックをしっかりにぎっている。

ニナが表情《ひょうじょう》をくもらせていった。

「ほかの動物に興味《きょうみ》はないの?」

「アディはサメが好きなんだよ」あたしはさらりといった。「じゃあ、行こっか?」

アディがヒューをじっと見つめる。なにを考えているんだろう。

前から思ってたことだけど、アディは物事をありのままに見る。今もヒューのことを、感情《かんじょう》を交えずただじっと見ている。アディの目に、ヒューはどう映《うつ》っているんだろう。

「えっと……。じゃあ、また」

ヒューがきまり悪そうにいった。だいたい、なんでここまでついてきたわけ？

アディとあたしはだまって見送ったけど、ニナは笑顔《えがお》で、「あとでメールするわね」とかなんとかいった。

三人で家に向かいながら、あたしはアディに聞いた。

「お気に入りのサメっているの？」

アディは大きくうなずき、「ニシオンデンザメ」と答えた。

「サメにも種類があったのね」ニナがふざけていう。

「そのサメ、どこがいいの？」あたしはたずねた。

「ニシオンデンザメはね、氷のように冷たい海の中で、何百年も生きられるんだ。仲間がいなくても」

聞かれたことに、うれしそうに答えるアディを見て、ニナがびっくりしている。こっちをちらっと見てきたけど、あたしは前を向いたままこうつづけた。

「それはすごいね。だけど、ほら、トラみたいなしま模様《もよう》のあるサメとかは？　あとヨシキリザメだっけ？　めちゃくちゃ泳ぎのはやいサメとかもいるじゃない？」

アディがゆっくり首をふり、一瞬《いっしゅん》だけあたしの目を見つめてからいった。

「ニシオンデンザメがいちばん。勇敢《ゆうかん》だもん」

「そりゃそうだ。何百年も、ひとりぼっちで生きられるんだからね」

するとニナが横からいった。

「ねえ、なにかもっとおもしろい話をしましょうよ。そうだ、学校はどうだった？」

「まあまあ」と、アディ。サメ以上におもしろいことなんて想像《そうぞう》できないのだ。

「それだけ？　なんかあるでしょ？」ニナがなおもたずねる。

「ない」

あたしはにやっとした。「その答え方、あたしにそっくり」といいかけて、はっとした。

そうだよ、そのとおりだよ。昔、母《かあ》さんに小学校のことをたずねられたときの、あたしの返事そのままじゃない。

ニナの方をちらっと見ると、ニナはとっくにあたしの方を見ていた。その顔に、一瞬《いっしゅん》、裏切《うらぎ》られたような表情《ひょうじょう》がよぎった。あたしのことをそんな目で見ないでほしかった。

あたしは、この張《は》りつめた空気をなんとかしたくていった。

「そうそう、今日《きょう》は臨時収入《りんじしゅうにゅう》があったんだ！　ほら、見て！」

ニナとアディは、あたしがいじめ退治《たいじ》でかせいだお金を見ると目を丸くした。

「いったい、どこでこんなお金を？」

「ま、べつにいいじゃない。ある特別なことのために貯《た》めてるんだ」

「どんなこと？」アディがたずねる。

あたしは、ちょっと笑っていった。

「それは、ひみつ」

「さっき掲示板《けいじばん》にはってた、あのくだらないサービスとなにか関係があるんでしょ？」ニナが問いつめるようにいう。

アディがとまどった顔で、あたしとニナの顔をかわるがわる見つめる。

「あれのどこがくだらないわけ？　そうか、ニナは、だれかが自分の名前をあげるんじゃないかってこわいんだ」

ニナはいじめっ子じゃない。それは、あたしも認《みと》める。でも、ニナのやってることは、いじめっ子以上にたちが悪いともいえる。つまり、いじめっ子たちの味方だ。いじめっ子が、いじめやすいよう、こっそり手助けしているのだ。

ニナだって、前からこうだったわけじゃない。ニナは、あの友人たちにバレるのがこわいだけ。今風のファッションとリップグロスで固めた姿《すがた》の下にある、本当の自分――やさしくて、愛嬌《あいきょう》たっぷりの自分――に気づかれるのがこわいのだ。

あたしはニナのうでをつかんで、こういいたかった。そんな友だち、長くはつづかないって。それぐらい、あたしにだってわかる。たしかに人間にはいろいろいて、相手を見抜《みぬ》くのって簡単《かんたん》なことじゃない。

ニナが親友だと思ってるヘザーは、ニナがおもしろいことをいうと笑うけど、目は冷《ひ》やかなままだ。あいつらは、最初に席を立とうとした人間に牙《きば》をむく。あたしの場合、いやいや仮面《かめん》をつけるけど、あいつらは、自分から進んでいろんな仮面《かめん》をつける。

あいつらが裏切《うらぎ》らないと思っていられるニナは、どんだけおめでたいんだろう。

家に帰ると、父《とう》さんがパン生地《きじ》を丸めていた。

「いらっしゃい！」

あたしとニナがキッチンに入っていくと、父《とう》さんがうれしそうにいった。

「これって、なんのまね？」あたしは笑っていった。

アディは、タタタッとテーブルの方にかけだし、お気に入りの席につくと、サメのステッカーブックをテーブルに広げ、じっくり見はじめた。食い入るように見てるから、今はじめてページを開いたのかと思いそうだけど、たぶんもう百回以上は見ているはず。

「今週末は、村の創立祭《そうりつ》だろ？」父《とう》さんがにこにこして答える。「母《かあ》さんは、イベント事《じ》務局《むきょく》にアクティビティの申しこみに行ったよ。参加用紙に、ふたりの名前を書きにね」

「ちょっと、やめてよ」ニナとあたしの抗議《こうぎ》の声がハモる。

父《とう》さんが笑ってアディにいう。「こわいぐらい息の合った双子《ふたご》だろ？」

「わたしは、友だちとただ見て回りたいのに」ニナがうったえる。

「母《かあ》さん、あたしたちに、なにをさせようってわけ？　オリエンテーリングとか、旗取りゲームとか、そういうつまらないやつじゃないよね？」

「だいじょうぶ。おもしろいぞ。父《とう》さんが子どもだったら、ぜったいにやりたかったなあ。こんなにみんなのことを考えてくれる村に住めて、きみたちは本当についてるぞ」

「この村は、人ごみが大好きだからね」

あたしは冷蔵庫《れいぞうこ》からジュースを取り出しながら、ぼそりといった。

父《とう》さんがスマホを取り出し、母《かあ》さんからのメッセージを読み上げる。

「二人三脚《ににんさんきゃく》――」

「ちょっと、かんべんしてよ！」ニナとあたしが思わず抗議《こうぎ》すると、アディが笑った。

「まだあるぞ」父《とう》さんは笑いそうになるのをこらえていった。

「小さい子たちの顔にフェイスペイントをする――」

「あたしに筆をにぎらせたら、ショックを受ける子が出そうだね。オカルトシンボル（西洋魔術《まじゅつ》で使われる図形）ぐらいしか描《か》けないから」

「あと、キャットウォーク」

父《とう》さんの言葉に、あたしとニナは、けげんそうに顔を見合わせた。

「キャットウォーク？」

「ファッションショーのキャットウォークじゃないぞ」

それを聞いて、あたしはちょっとがっかりした。おしゃれにかけては、この村であたしの右に出る者はいない。月に一回、エジンバラまで出かけていっては、古着屋やチャリティショップで、指輪やおしゃれな服を買いあさる。それを、ゴミ捨《す》て場《ば》で見つけた古いミシンで、自分ぴったりのサイズに直して着るのだ。ニナですら、ファッションに関しては、あたしにアドバイスを求めてくる。

おしゃれ好きは、ひいおばあちゃんのアストリッドゆずりだ。会いに行くたび、アストリッドがジュエリーをくれるから、数がどんどん増《ふ》えていく。

前にじょうだんでアストリッドに、「家を出る前に、アクセサリーをひとつ外すことって、ココ・シャネルがいってたよ」っていったら、アストリッドは、すぐこう返した。

「だったら、もうひとつ余分《よぶん》につけていきなさい。シャネルは、ナチスの協力者だったから、いやがらせしてやらないと」

アストリッドは、第二次世界大戦中、ナチス占領《せんりょう》下のノルウェーで暮《く》らしていたことがあって、そのときの話をいろいろ聞かせてくれる。話しているときのアストリッドの目には生気がない。

最近会いに行ってないし、今度、ぜったいに行かなきゃ――。

「ほら、リース川のほとりに、二本の大きな木があるだろ?」父《とう》さんがキャットウォークの話をつづける。「その木の上の方に、板を渡《わた》すんだ」

「その板の上を歩くってこと？」あたしは興味《きょうみ》がわいてきた。ニナはおびえている。

「そのとおり！」

「落っこちたらどうするのよ？」ニナがうったえる。

「命綱《いのちづな》があるから心配ないわ」

ちょうど帰ってきた母《かあ》さんが、仕事着のまま、疲《つか》れ切《き》った表情《ひょうじょう》でいった。

「目の前で参加者が落っこちるなんて危《あぶ》ないこと、させるわけがないでしょ。安全が最優《さいゆう》先《せん》。きっと楽しいわよ」

「あたし、やる」あたしはにっこりしていった。

アディの方をちらっと見ると、あたしをじっと見つめていた。今、アディの目にはなにが映《うつ》っているんだろう。

アディが、そういうまなざしを向けるのはいつもあたし。ニナのことは決してそういう目で見ないことにも、あたしは気づいていた。

11

村の創立《そうりつ》祭の日がやってきた。会場は人びとでにぎわい、たくさんの旗で彩《いろど》られている。

中央の芝生《しばふ》では、豚《ぶた》レースが行われていて、去年の勝者のカラザースが優勝《ゆうしょう》リボンをつけてもらって得意《とくい》そうにしている。鼻先を空に向け、両目を閉《と》じているようすは、まるでレースを前に心を落ち着けているみたいだ。

屋台やゲーム用のテントがあちこちに並《なら》び、地元新聞の記者の姿《すがた》も見える。晴《は》れ着姿《ぎすがた》のマッキントッシュさんが、なぜ自分を教区の評議会《ひょうぎかい》に紹介《しょうかい》しなかったのかと、だるま自転車に乗った男の人に文句《もんく》をいっている。

ケーキの出店《でみせ》の前に、エンジェルとボニーの姿《すがた》が見えたので、そっちへ直行した。アディもいっしょに行こうとすると、ニナがその手をつかまえ、フェイスペイントのブースへ引《ひ》っ張《ぱ》っていった。アディがいやがる声がかすかに聞こえる。

「ちょっと、わたしたちはフェイスペイントを手伝《てつだ》うことになってるでしょ！」

ニナがうしろから大声であたしを呼《よ》んだけど、聞こえないフリをした。

「あら！　キーディじゃない！」エンジェルが、満面の笑《え》みで出迎《でむか》えてくれた。

あたしは、さっとボニーのほほにキスをしてから、笑顔《えがお》を返した。

「ここはなにをするところ？」

「お花で冠《かんむり》を作って売ってるの。ひとつ五ポンドよ」エンジェルがいうと、ボニーが陳列《ちんれつ》台《だい》の冠《かんむり》をうっとり見つめていった。

「わたしもひとつ買えたらなあ」

あたしはズボンのポケットからビーズの小銭《こぜに》入れを取り出し、中をあさった。

「はい、これ！　ボニーにひとつお願い！」あたしはエンジェルに五ポンド札を渡《わた》した。

「キーディ、それはだめよ」と、ボニー。ねだったと思われたくないのだ。

「あたしがそうしたいの」あたしは、きっぱりいった。

小銭《こぜに》入れをポケットにしまっていると、エンジェルがいった。

「キーディの家は、うちの家よりおこづかいをはずんでくれるみたいね」

「おこづかいじゃなくて、自分でかせいだんだ」

あたしがそう答えると、ボニーが興味深《きょうみぶか》そうに聞いてきた。

「かせぐって、なにをして？」

あたしは自分用に取っておいたチラシを一枚《まい》取り出して手渡《てわた》した。エンジェルは、チラシにさっと目を通すと、感心したようにいった。

「へえ、すごいね！　いじめられている子を助けるの？」

「キーディならやるでしょうね。小さいころから、ずっと、キーディはわたしを守ってきてくれたのよ」ボニーがほこらしげにいうのを聞いて、あたしはうれしくなった。でも、すぐにこういい足しておいた。

「まあ、お金をもらってやるのは、なんか気がひけるけどね」

エンジェルによく思われようとしている自分が意外だった。

「このお金はね、大切なことのために貯《た》めてるんだ」

「大切なことって？」

ふたりに聞かれたけど、いわなかった。気軽に口にできるようなことじゃないからだ。

「ある計画があってね。そのために使うんだ」

「わたしも、がんばって冠《かんむり》を作ろうっと」エンジェルがいった。

あたたかさと自信にあふれたエンジェル。ふたりといっしょにいたこのひととき、久《ひさ》しぶりに肩《かた》の力が抜《ぬ》けた気がした。エンジェルとボニーの前だと、顔の表情《ひょうじょう》とか、感情《かんじょう》の出し方のことを気にしなくてすむ。ちゃんと目を合わせてるか、なにかおかしなことをいってないか、いろいろ心配しなくていい分、自然と心も軽くなる。

自分を押《お》し殺《ころ》して仮面《かめん》をかぶっていると、まるで重い鎖《くさり》を引きずってるような気分になる。でも、仲間がいっしょだと、だれかがその鎖《くさり》を断《た》ち切《き》ってくれるみたいで、心が楽になるのだ。


キャットウォークの前には、たくさんの人が集まっていた。

参加者は、あたしとニナのほかにも大勢《おおぜい》いて、スペンスやヒュー、ヘザーも申しこんでいた。ボニーとエンジェル、アディが見物にやってきた。

歩く板が渡《わた》されているところは、建物の四階ほどの高さがあるので、まず、プロの人が命綱《いのちづな》のつけ方と安全の大切さについて簡単《かんたん》に説明する。板までは、木に打ちこまれた大きなくさびを使ってのぼることになっていた。

ルイス・グラハムが少し青ざめた顔で板を見上げている。こわがっているのが伝わったのか、ルイスの名前が最初に呼《よ》ばれた。

ルイスは、ひるむことなくのぼりはじめた。

あたしがエンジェルと崩《くず》れかけた石垣《いしがき》の上に座《すわ》り、ルイスがのぼっていくようすを見守っていると、だれかが茶化《ちゃか》すようなことをいって、キャーキャー笑うのが聞こえた。

ニナとヘザーだ。男の子たちもいる。あたしがにらんでいるのがわかったのか、ニナは笑うのをやめた。

「あの子が、キーディと双子《ふたご》だっていう子?」エンジェルが小さい声でたずねる。

「そ。ぜんぜん似《に》てないけどね。すべての点で」

「ああいうの、いやだったなあ」

「ああいうのって?」

「ふつうの学校の、ああいう雰囲気《ふんいき》」

「どういうこと？」

このあいだ、エンジェルが通うバラリー・コーナー校のことを、ニナのパソコンで調べてみた。広々《ひろびろ》とした芝生《しばふ》に、馬小屋や温室まであって、各教室では犬が飼《か》われている。おもしろそうな授業《じゅぎょう》もたくさんありそうだった。

「うちの学校にも、ときどきパソコンを壊《こわ》しちゃうような子がいるけど、わざとじゃないし、意地悪な子はいない。代理の先生とか事務員《じむいん》さんの中には、見下すような目で見てくる人もいるけど、それでも、ふつうの学校よりはずっとましだと思う」

「だろうね」あたしはエンジェルがうらやましかった。

学校が、海獣《かいじゅう》のいる荒海《あらうみ》じゃなく、湖のようにおだやかなところだったら、どんなにいいだろう。

そのとき、大きな拍手《はくしゅ》がわきおこった。見ると、ルイスがキャットウォークの板から飛んだところだった。命綱《いのちづな》に支《ささ》えられ、危なっかしくもゆっくりと地面に降《お》り立《た》ち、ほこらしげな表情《ひょうじょう》を浮《う》かべるルイス。ボニーが感心し、うれしそうに手をたたいている。

あたしはそんなボニーのうしろ姿《すがた》を見て、エンジェルにいった。

「あの花の冠《かんむり》、最高だね」

「ありがとう。わたし、友だちのためなら、なんでもがんばっちゃう」

「それが、あたしたちだもんね」

「そう、わたしたち、ジュニパーの自閉三銃士《じへいさんじゅうし》だからね」

エンジェルの言葉に、あたしは思わず笑った。

アディは、あたしとエンジェルのすぐそばに座《すわ》っていた。ちらちらこっちを見てるところからすると、あたしたちの話を聞いているのだろう。これは、うかつなことはいえないぞ。

「エンジェルの学校はいいなあ。うらやましいよ」あたしは明るくいってみせた。

「通いたいって、ご両親に頼《たの》んでみたら？」

あたしはアディの方をちらっと見てから、鼻を鳴らしていった。

「でも、私立《しりつ》だよね？」

「たしかに授業料《じゅぎょうりょう》はかかるね」エンジェルが肩《かた》を片《かた》っぽすくめていった。

「うちは生活がカツカツだから、ちょっときびしいな」

エンジェルは、「カツカツ」の意味がわからなかったようで、目をぱちくりさせた。

「うちのパパに頼《たの》んでみようか？」

あたしはエンジェルの目を見つめた。「ほんとに？」

「うん」

服の上から、ポケットの中の小銭《こぜに》入れにそっと触《ふ》れる。

「ありがとう」

そのとき、ヘザーの甲高《かんだか》い笑い声と、木の表面をこすったような音がした。エンジェルとあたしがふり返ると、つぎに木にのぼるヒューが、ボニーの頭から花の冠《かんむり》をかっさらったところだった。ヒューが冠《かんむり》をそのまま自分の頭にのせると、ソフィが大ウケしてキャッキャッと笑い、スペンスや、まわりにいた何人かもクスクス笑った。

あたしは、木にのぼっていくヒューの顔をじっと見すえた。

と、そのヒューが下に目をやった。だれかの反応《はんのう》をたしかめようとしている。その目が、ニナではなく、あたしをとらえた。

怒《いか》りに震《ふる》えるあたしの表情《ひょうじょう》に気づいたヒューの顔からにやにやが消えた。つぎの瞬間《しゅんかん》、ヒューはいどむように、かぶっていた冠《かんむり》をかっこよく取ってみせ、渡《わた》した板のど真ん中に置いた。みんながはやし立てるなか、ヒューがさっそうと飛《と》び降《お》りると、見物人たちは拍《はく》手《しゅ》とクスクス笑いで出迎《でむか》えた。

「なんてことなの。なんとかしなきゃ」

エンジェルがいったとき、あたしはもう木に向かっていた。柵《さく》はなく、ゆく手をはばむものはなにもない。頭の中で警告音《けいこくおん》が鳴《な》り響《ひび》いている。でも、許《ゆる》すわけにはいかない。

「キーディ！」

ニナがおびえて叫《さけ》んだけど、ふり返らない。

「キーディ、わたしのことはいいの」ボニーがいう。「ほんとに、だいじょうぶだから」

ボニーは、この心ない見物人たちの前でメルトダウン（ストレスで起こる強いパニック症《しょう》状《じょう》）を起こすまいと、必死に心を落ち着けようとしている。

「だいじょうぶなんかじゃない！」

あたしはボニーに大声でいった。からだがほてり、怒《いか》りで火花が飛び散りそうだ。

「おじょうちゃん、命綱《いのちづな》なしで、キャットウォークはできないよ。なにかあっても保険《ほけん》が出ない――」

「おじょうちゃんって、呼《よ》ばないでくれる?」

あたしは装備《そうび》を持った男の人に向かっていうと、最初のくさびに片足《かたあし》をかけた。両手を上にのばし、からだをぐいっと引きあげる。あたしがなにをしようとしているか気づいた人たちが、ざわつきだした。

ふうっと息を吐《は》き、のぼりはじめる。みんなの方はふり返らず、ときどき踏《ふ》み外《はず》しそうになる足元は見ず、ただ上だけを目指して。

大人《おとな》たちの悲鳴が聞こえる。係員のひとりが大声で叫《さけ》んだ。

「おい、やめろ、降《お》りるんだ! 命綱《いのちづな》なしじゃ、落っこちたら死ぬぞ。おい、聞こえないのか! 落ちるぞ!」

かもね。だけど、あんたたち大人《おとな》は、こうなるのを防《ふせ》げたかもしれないのに、なにもしてくれなかったじゃないか。

「キーディ!」

父《とう》さんの声だ。騒《さわ》ぎを聞きつけてやって来たんだろう。これまで聞いたことのないようなおびえきった声で、あたしの名前を叫《さけ》びつづけている。ニナもだ。何人かが「助けを呼《よ》んでこい」といっているのも聞こえる。

そのとき、くさびにかけそこねた足がズズッとすべり、下から悲鳴と叫《さけ》び声《ごえ》があがった。息をのむ音や、ののしりにまじって、あたしの名前を呼《よ》ぶ声が聞こえる。くさびをにぎる手に力をこめ、からだを引きあげる。両うでが焼けるように熱い。

ようやく足がかかると、あたしはふうっとひと息ついた。

「キーディ！　お願いだから降《お》りてきて！　いい子だから！」

母《かあ》さんだ。泣いている。きっと真《ま》っ逆《さか》さまに落っこちて、頭が割《わ》れるところを想像《そうぞう》してるんだ。でも、そんなことにはならない。今のあたしは、怒《いか》りと使命感につき動かされているから。今、この船の運命は、あたしのうでにかかっている。かじの取り方は心得《こころえ》ているし、制御《せいぎょ》の仕方も、なにが問題なのかもわかっている。だから、船を岩にぶつけることはない。

だれであれ、ボニーにちょっかいを出すやつは許《ゆる》さない。ボニーは、あたしの北極星。

だれにも手出しはさせない。友だちっていうのは、おもしろおかしいことをいい合ったり、同じ趣味《しゅみ》を楽しんだりするだけの仲をいうんじゃない。相手がどうしていいかわからないでいるとき、すぐにかけつけて助けてやるのが友だちだ。

この会場にいると、なんだか自分がのけ者みたいな気がしてくる。それは、今にはじまったことじゃないけど。でも、そんな筋書《すじが》きに飲まれてたまるか。

ヒューは、ばかなやつらにちやほやされて、ジュニパーの王族気取りだ。でも、ヒューのやってることはいじめと同じだ。そのいじめを、あたしは許《ゆる》しはしない。

12

ついに板を渡《わた》したところにたどり着いた。恐怖《きょうふ》がたけり狂《くる》う炎《ほのお》のように襲《おそ》いかかり、なんとかおさえこんでいた不安が徐々《じょじょ》に頭をもたげはじめる。——だいじょうぶ、落ち着くんだ。板の幅《はば》はせまいけど、足を交互《こうご》に前に出していけばだいじょうぶ。

ボニーの花の冠《かんむり》に視線《しせん》を定め、前に進みはじめる。悲鳴がますます大きく、鋭《するど》くなる。

バランスを崩《くず》したが最後、つかまるものはもうなにもない。そのまま真《ま》っ逆《さか》さまだ。

でも、これまでだってそうだった。つかまれる棒《ぼう》もなければ、受けとめてくれる網《あみ》も命《いのち》綱《づな》もなかった。ほかの子たちは生まれたときから、頑丈《がんじょう》なワイヤーでしっかり守られてきたのに。

思えば、苦難《くなん》の連続だった。ボニーはもっとそうだ。そのボニーのため、あたしは今、木の上にいる。

板の真ん中まで来ると、あたしは、ゆっくりからだをかがめ、冠《かんむり》を取り上げた。

そこでようやく、下を見た。

木の下には人だかりができていた。ここからだと、小道の向こうまでが見え、村全体が見渡《みわた》せる。気が動転した母《かあ》さんを、父《とう》さんがなだめようとしているのが見える。ニナは地面にひざまずき、両手で口をおおっている。アディの姿《すがた》も見える。じいっとあたしを見つめている。いつものように、表情《ひょうじょう》のない顔で。エンジェルは、うめき声をあげるボニーをしっかり抱《だ》きかかえている。

ニナのろくでもない友人とその家族たちが、けげんそうにあたしを見上げている。

それを見たとたん、口の中に苦いものがこみあげてきた。あいつらに、どうやって思い知らせてやろう。どうやってわからせてやろう。ここから見たら、あんたたちなんて、取るに足りないちっぽけな存在《そんざい》だってことを。

冠《かんむり》を頭にのせ、両うでをめいっぱい広げる。木に触《ふ》れそうなぐらいまで。そして頭をのけぞらせ、あたしは雄《お》たけびをあげた。森じゅうの葉や枝《えだ》を、村のレンガひとつひとつを、リース川を震《ふる》わせたかった。

その声は地中深くに走る、木々《きぎ》の根っこにまで届《とど》くのだ。すると木々《きぎ》はぐんぐん枝葉《えだは》をのばしてみごとに形を変え、村の景色《けしき》は一変する。風がまき起こり、家々《いえいえ》の玄関先《げんかんさき》をかけぬけながら、古い考えや、いやな視線《しせん》、うわさ話やかげ口を吹《ふ》き飛《と》ばしていくのだ。

あたしは声をあげつづけた。この村に生まれたことを、ちっぽけで、せま苦しく、不寛容なこの村に生まれたことをののしった。想像力《そうぞうりょく》や創造力《そうぞうりょく》をあやまったことにしか使えず、ふだんは無関心なくせに、批判《ひはん》やうわさ話にだけは首をつっこんでくる、そんな村の人たちのことをののしった。

でも、そんな村を変える力はあたしにはない。だからこそ、声をあげるのだ。この村を変えられるとしたら、それはあたしより強い、しっかりとしただれか。あたしは、この村の人たちとうまくやってはいけない。触《ふ》れたらケガをするかもしれない、トゲのある花にふれたい人がいないように、あたしみたいなツンツンとんがった人間に、だれも関わりたくはないのだ。

あたしにこの村を変えることはできない。自分を変えることすらできないのに。

板の上をもどり、木を下りはじめる。地面が近づくにつれ、悲鳴や叫《さけ》び声《ごえ》はしだいに小さくなってゆく。そして、みんなが息をつめて見守るなか、地面に足が触《ふ》れた瞬間《しゅんかん》、からだがぐいっと引《ひ》っ張《ぱ》られ、気づくと父《とう》さんと母《かあ》さんに抱《だ》きしめられていた。ボニーもいる。三人とも言葉にならない声をあげていた。あたしは、悲しい笑《え》みを浮《う》かべながら、ボニーに冠《かんむり》を手渡《てわた》した。

エンジェルがホッとした表情《ひょうじょう》でこっちを見ている。

と、ニナの姿《すがた》が視界《しかい》に入った。でも、ニナはあたしの方を見ようとしない。あまりのバツの悪さに、目を合わせられないでいる。

「キーディのそういうところ、この先もずっと変わらないでしょうね」ボニーがささやいた。

それに答える自信がなくて目をそらすと、アディが見えた。少し離《はな》れたところから、だまってようすをうかがっている。いったい、なにを考えているんだろう。

あたしは背筋《せすじ》をすっとのばし、堂々《どうどう》としてみせた。

アディに見てほしかった。大事な人のためなら、どんなに危《あぶ》ないことだってやってのけるこの姿《すがた》を。


その日の夕方、ダロウ家の食卓《しょくたく》には、張《は》りつめた空気が漂《ただよ》っていた。

母《かあ》さんはニナと車にこもって話をし、ようやく出てきたとき、ふたりは赤い顔をしていて、涙《なみだ》のあとも見えた。

外はもう真っ暗で、だれもキャットウォークの話題には触《ふ》れず、父《とう》さんが作ったビーガンバーガーをだまって食べた。フォークとナイフのカチャカチャいう音だけが響《ひび》く。

ようやく口を開いたとき、母《かあ》さんの声はかすれていた。

「母《かあ》さん、ものすごく怒《おこ》ってるのよ。言葉にできないぐらいね」

「わかってる」あたしは、水の入ったコップをそっと母《かあ》さんの前に置いた。

「どんなことになってたか、わかってるのか？」

父《とう》さんが、こんなきびしい口調でいうのは、はじめてだった。あたしはみんなから目をそらしながら、「うん」と答えた。

「ボニーが、大事な友だちだってことは知ってるし、守ってあげたいって気持ちもすばらしいと思う。でも、だからって、あんなむちゃなこと……。みんな、どれだけ恐《おそ》ろしい思いをしたと思ってるの？」母《かあ》さんが、ひと言ひと言、言葉を選びながらいう。

「悪かったよ。村役場あてに謝罪文《しゃざいぶん》でも送った方がいい？」

その反省の感じられない口調に、母《かあ》さんは父《とう》さんに向かって、小さく首をふった。

「その必要はないけど、こんなことはもう二度と起こさないでちょうだい。アデラインだってずっと見てたのよ。あんなこと、なんのお手本になるっていうの？」

自分のため、大事な人のため、ときには立ち上がることが必要だっていうお手本だ。

あたしはバーガーの大きなかたまりを、ごくりとのみこむと、「わかった」とうなずいた。とりあえず反省してる姿《すがた》を見せておかないと、大目玉を食《く》らうだけだ。

ニナの方を見ると、バーガーをついているだけで食べていない。顔色が悪く、疲《つか》れ切《き》った目をしている。

「あんたのボーイフレンド、最低だね」あたしはがまんできずに、怒《いか》りをぶちまけた。

「ちょっと、ふざけただけでしょ」

すぐさまニナがいい返すと、母《かあ》さんがあいだに割《わ》って入った。

「もうたくさん！　ふたりとも、自分を正当化するのはやめなさい。キーディ、今ここでニナといい合わないで。ニナは、友だちのことをかばわない。そんなふうに育てた覚えはないわ」

「わたしがなにしたっていうのよ？」ニナは、急に火がついたように怒《おこ》りだした。「いっつもそう。わたしはなにもやってない。家族に恥《はじ》をかかせたのはこの子よ！　おおごとにして、村じゅうの人たちの前でばかなまねをして！　わたしはなにもしてない」

「そのとおりだよ、あんたはなにもしなかった」あたしは低い声でいった。

ニナと目が合い、たがいに相手をじっと見すえる。

「なんで、そんなにわたしのこと憎《にく》むの？」たまりかねたようにニナがいった。

あたしは面食《めんく》らった。ニナの口から、そんな言葉が飛び出すなんて思いもしなかった。

「べつに、あたし、憎《にく》んでなんか……」

そういい終わらないうちに、ニナは席を立ち、部屋《へや》を出ていった。階段《かいだん》がミシミシきしむ音と、二階のドアがバンッと閉《し》まる音が聞こえた。

「どこをどう取ったら、そんなふうに思えるわけ？」

離《はな》れていったのはニナの方だ。ニナが変わったのだ。いつもいっしょだったのに、庭で遊んでいると、いつしかあきれたように白目をむいて、パソコンをしに家に入ってしまうようになった。みんなと同じような服を着はじめ、好みまで合わせるようになった。アディが生まれたときは、仲間ができたと、うれしそうだった。それから意地悪な友だちをつくり、やさしくない最低なボーイフレンドまでつくったのだ。

前は、あたしがシャットダウン（極度のストレスから、内にこもってしまうこと）を起こして、自分の部屋《へや》でぐったりしていると、ニナがよく、ふたりのお気に入りの曲をかけてくれた。家の中にいつもの歌が流れはじめると、ふさいでいた気持ちも晴れ、音楽に誘《さそ》われるように、いつのまにか部屋《へや》から出ていた。

デキシーズ・ミッドナイト・ランナーズの『カモン・アイリーン』の歌では、ニナが「アイリーン」のところを「キーディ」にして歌ってくれた。アバの『ヘッド・オーヴァー・ヒールズ』が流れると、その歌詞《かし》にはげまされるように、大声で歌いながら、ダーッと階段《かいだん》をかけ下りた。

でも、いちばんのお気に入りは、スティーヴィー・ニックスの『エッジ・オブ・セブンティーン』だ。ケンカをしていても、この曲がかかると、つられて仲直りしていた。

だけど今はもう、家に音楽が流れることはない。

なんでニナが、あたしのやることなすことに、いちいち目くじらを立てるのかわからない。ふたりでいっしょに歌を聞くことも、ニナにはもう、どうでもいいみたい……。

傷《きず》つけたのはニナの方だ。あたしじゃない。ニナは、あたしの一部だったのに、今ではあいつらの一部になってしまった。

母《かあ》さんが、涙《なみだ》をさっとぬぐっていった。

「わたしのかわいい双子《ふたご》ちゃんたちは、いったいどうなっちゃったの？」

この船に仲間はいらない。あたしひとりでじゅうぶんだ。船を降《お》りたのはニナで、あたしじゃない。

あたしはだまったまま、残りのバーガーを食べた。

13

キャットウォークでの一件《けん》は、学校じゅうに知《し》れ渡《わた》った。

おかげで、あたしのいじめ退治《たいじ》は大盛況《だいせいきょう》だ。朝、学校に着くと、あたしのロッカーの前に、八人が待っていた。あたしはその子たちの名前をひかえ、いじめる子の名前と、どういうことをされるのか、聞き取りをした。

前金がいると聞いて、ふたり抜《ぬ》けたけど、残りの六人はお金を渡《わた》した。小銭《こぜに》入れはもうパンパンだった。依頼《いらい》の内容《ないよう》はいろいろだった。

ナオミ・マスグループは、数学の時間、エイリー・ボンスローンにからかわれるというので、あたしは水飲み場でエイリーをつかまえ、手短に用件《ようけん》を伝えて、いじめるのをやめるようにいった。そのあと、エイリーは保健室《ほけんしつ》へかけこみ、気分が悪いといって早退《そうたい》した。エリオット・イェーツに、ハンナ・フィッシャーにかまうのをやめるようにいったときも同じだった。

自分たちの悪ふざけのせいで、相手がどんなにいやな思いをしてるか、わからないんだろうか。ひどいことをしても逃《に》げ切《き》れると思っていられるところがなぞだ。本人が思《おも》い描《えが》いている自分のイメージと、じっさいやってることがちがいすぎるから、恥《は》ずかしくなって保健室《ほけんしつ》に逃《に》げこむのだろう。

つぎにやって来たのは、アメリア・マコートで、ネットボール（バスケットボールに似《に》たスポーツ）部の一年生全員からいじめられているとのことだった。アメリアから聞いたとおり更衣室《こういしつ》へ行ってみると、いじめっ子全員がそこに顔をそろえていた。おっかない三年生のあたしからきつくお説教されると、その日から、アメリアをいじめるのをやめた。

この分だと、思ったより早く貯金箱《ちょきんばこ》を割《わ》れる日が来るかもしれない。

ニナとはあれ以来口をきいてない。学校へ行くときもべつべつで、帰りも、あたしがくつをはきかえないうちに、もうアディを連れて門を出ていた。三日がたち、これが新しい日常《にちじょう》になりつつあった。

ある日、学校の図書館で、ダンカン・ジュニパーについてのスピーチの準備《じゅんび》をしようと、いつものように本を広げたとき、ルイス・グラハムがあたしのところへやって来た。

あたしがイヤホンを外し、ダンカンの本の山のわきに置くと、ルイスがおずおずと切り出した。

「ちょっと話す時間ってある？」

「もちろん。ちょっととといわず、どうぞ」

ルイスが向かい側にこしかける。あたしはあごの下で手を組み、それで？　というように笑いかけた。

「あ、あのさ」ルイスは、ぎこちなくそういうと、何度も咳《せき》ばらいをし、落ち着かないようすでこういった。「例のいじめ退治《たいじ》の件《けん》なんだけど、ぼくも頼《たの》めるかな？」

あたしはうなずき、だれかに聞かれていないかたしかめてからいった。「料金は――」

すると、ルイスがさえぎるようにいった。

「相手は、ヒューなんだ。ニナの彼氏《かれし》の」

楽しい気分が一気に吹き飛《ふと》んだ。「そうなの?」

「正確《せいかく》には、ヒューとスペンスのふたりだけど。ただ、ちょっと問題があって……、その、つかまるのはいつも男子の更衣室《こういしつ》なんだ。だから、どっかべつの場所で——」

「まだ引き受けるっていってないけど」あたしはやんわりといった。「男子ふたりに対して女子ひとりじゃ、フェアとはいえないしね」

「わかってる。でも、キーディならだいじょうぶだよ。あのキャットウォーク、見てたよ。きみみたいな子に、だれも刃向《はむ》かう勇気はないよ」

ルイスの言葉を聞いたら、またのどに苦いものがこみあげてきた。あたしは、みんなから恐《おそ》れられたくてやったんじゃない。用心棒《ようじんぼう》になりたいんじゃなくて、人助けがしたいだけ。もしかしたら、自分でも気づかないうちに、かじの取り方をまちがえていたのかも。方位磁針《じしん》が指す方へ、北へ北へとまっすぐ船を進めていたつもりだったのに、知らないうちに進路がずれていたのかもしれない。

小銭《こぜに》入れの中に折りたたまれた紙幣《しへい》が、なんだか安っぽく、自分らしくないものに思えてくる。

「ごめん。今回の件《けん》は、あたしの出番じゃないかも。あたしはただ、みんなにいじめを思いとどまらせたくてやってるだけで――」

「いじめてるやつがニナの友だちだから、引き受けられないの？」

「え？」

「自分のきょうだいが、あいつらと友だちだから。そうじゃない？」

「ちがう。それとは関係ないよ」あたしはごまかした。

「とにかく考えてみてくれない？　ほかにどうしていいかわからないんだ」ルイスが、すがるようにいった。

「おや、キーディとルイスじゃないか？」

とつぜん聞こえた声に、びくっとしてふり返ると、アリソン先生だった。今ここに来たばかりみたいだから、さっきまでの会話は聞かれてないはず。

「昼休みのあと、臨時《りんじ》の集会があるみたいだよ」

あたしは、ここぞとばかりにルイスとの会話を切り上げ、荷物をリュックにしまった。

そして、ルイスに申《もう》し訳《わけ》なさそうな顔をして、いそいそとドアに向かった。ところが、そこで本の感知器が鳴ってしまった。

「貸《か》し出《だ》し手続きがまだの本があるんじゃないかな？」

あたしはアリソン先生のところにもどり、リュックからダンカン・ジュニパーのぶあつい本を取り出した。先生は中をたんねんに調べてから、貸出印《かしだしいん》を押《お》した。

「どう？　スピーチの準備《じゅんび》は進んでる？」

「まああってとこかな。ダンカンは、もともとイングランド南部に住んでたんだ。で、スコットランドへ移《うつ》り住《す》んでからいばりはじめた。まあ、よくあることだね」

アリソン先生が肩《かた》をすくめる。「あの本、読みはじめてみた？」

「一応《いちおう》」

「まあ、最後まで読んでみて。どんな感想が聞けるか楽しみだな」

「先生、悪いけど、あたしにいくら才能《さいのう》があったって、ダンカンのことをおもしろく書くのは無理だと思うよ」

「じゃあ、キーディが読んで楽しいって思える本はどんな本？　どうやら、司書として、本のチョイスを失敗しちゃった気がしてね」

あたしはしばらく考えてから答えた。

「『モンテ・クリスト伯《はく》』とか。ひいおばあちゃんのアストリッドが買ってくれたんだ」

先生がおおげさに感心してみせたので、ちょっと笑ってしまった。

「そうか。あれは、まさに復讐《ふくしゅう》の物語だよね」

図書館を出ようとしていたけど、そのアリソン先生の言葉に立ち止まった。

「いや、復讐《ふくしゅう》とはちょっとちがうと思う。あれは……、そう、正義《せいぎ》の物語だよ」

あたしは図書館を出ると、講堂《こうどう》へ向かった。講堂《こうどう》の奥《おく》の台座《だいざ》には、ダンカン・ジュニパーの胸像《きょうぞう》が置かれている。そのダンカンの視線《しせん》を感じながら、あたしは席についた。

つづいて同じ学年の子たちが、ぞろぞろと入ってきて、前の方の席を埋《う》めていった。

しばらくしてマクドノー校長が現《あらわ》れたけど、どういうわけか、ニナやその友人たちの姿《すがた》が見えない。あたしは顔をしかめた。

「さっそく集まってくれたようだね、諸君《しょくん》」校長先生は壇上《だんじょう》に立つといった。「授業《じゅぎょう》の時間をつぶしてすまない。ただ、こっちの方が重要かつ、緊急性《きんきゅうせい》があると思ったんでね。じゃあ、ここからの話はマーフィ先生にお願いしよう」

一気に、胸《むね》が恐怖《きょうふ》でいっぱいになった。ちょうど水があふれる寸前《すんぜん》のグラスみたいに。ひょっとして、ニナの身になにかあった？　だから急に集会が開かれたのかも。前回、緊急《きんきゅう》集会が開かれたのは、たしか生徒が亡《な》くなったときだったし——。

そのとき、そのニナが壇上《だんじょう》に姿《すがた》を見せた。スペンスやヘザー、ソフィ、ヒューもいっしょだ。みんな、妙《みょう》にまじめな顔をしている。心の中の恐怖《きょうふ》が、混乱《こんらん》に変わった。

でも、校長先生に驚《おどろ》いたようすはない。もともとそういう手はずだったのだ。舞台袖《ぶたいそで》から出てきたマーフィ先生も、すました顔をしている。そして、こういった。

「これから、いじめについて話をしたいと思います」

まさに平手打ちを食《く》らった気分だった。

一瞬《いっしゅん》、あいつらが、これまでやってきたいじめについて懺悔《ざんげ》するんじゃないかと期待した。みんなをこわがらせて悪かったとあやまるんじゃないかと。ヘザーが、ケイティ・グラフトンのニキビを笑ったことや、プリヤの両親の離婚《りこん》を学校じゅうにいいふらしたことを後悔《こうかい》し、自分がまいたうわさの責任《せきにん》を取るんじゃないかと期待した。ソフィが、この半年、ネットいじめばかりしてきたことをあやまるのかと。そして、ニナも、そんなソフィのやることをおもしろがり、けしかけてきたことをあやまるんじゃないかと期待した。

でも、あいつらのつんとすました顔を見て、思いちがいだとわかった。

「みなさんも知ってのとおり」マーフィ先生が切り出した。「この学校ではいじめに対しては容赦《ようしゃ》しないという方針《ほうしん》を取っています。そして、いじめのない学校で教えられることを、わたしは大変誇《ほこ》りに思っています」

あたしは先生をまじまじと見つめた。そんな言葉、だれが本気にすると思ってるんだ？

「ただ、いじめとはどういうもので、どうしたらなくせるのか、このあたりで一度おさらいしておいた方がいいと思うんです。では、ここからは、今日《きょう》新しく任命《にんめい》した、いじめ対《たい》策《さく》員に話をかわります」

自閉的《じへいてき》なあたしには、日ごろからいろんな音がじっさい以上に大きく聞こえ、いろんなものがせまりくるように大きく見えてしまう。機械が立てる小さな音や、人の呼吸《こきゅう》も聞こえるし、かすかなにおいや味のちがいもわかる。

ほかの人たちにとって、ちょっとにぎやかに思えるぐらいの部屋《へや》は、あたしにとっては音楽がガンガン鳴《な》り響《ひび》くナイトクラブ。あらゆるものが、感覚のにぶい人たち向けにつくられているこの世界で、あたしが静けさを感じられることはまずない。

だから、このときも、耳鳴りがして視界《しかい》がぼんやりとはしてたけど、先生がいった言葉はちゃんと聞き取れたし、その言葉の意味もわかった。

いじめ対策員《たいさくいん》。よりによって、あいつらが、いじめ対策員《たいさくいん》――。

「いじめっていうのは、人に不快《ふかい》な思いをさせることです」いきなり、スペンスが話しだした。前に、女子を見た目でランクづけし、ネット上で公開した張本人《ちょうほんにん》が、なに食わぬ顔で、もっともらしいことをいっている。

そして、そんなスペンスの話を、ヘザーやニナ、ソフィ、ヒューが、まじめくさった顔でうなずきながら聞いている。そのあいだ、あたしの頭の中では警告音《けいこくおん》が鳴りっぱなしだった。分別をつかさどる脳《のう》のわずかな部分が、「仮面《かめん》をかぶるのよ、感じよくふるまうの」と、あたしをなだめようとしている。

感じよく――。そんなのできたためしがない。

あたしは、スペンスがつぎに口を開く前に、もう立ち上がっていた。

14

「笑えないじょうだんだね」

口をついて出た言葉は、体育館じゅうにこだました気がした。ダンカン・ジュニパーの胸像《きょうぞう》の目が、台座《だいざ》からじっとこっちを見ている。ニナは目を大きく見開き、かすかに首をふった。ヘザー、ソフィ、スペンスはにやにやしている。ヒューは、めずらしく無表情《むひょうじょう》だ。

校長先生はぎょっとし、生徒たちはみな、座《すわ》ったままあたしの方をふり返った。

船は暴走《ぼうそう》をはじめていた。総舵輪《そうだりん》がぐるぐると勝手に回転してかじは取れず、船長のあたしにも、船がいったいどこへ向かっているのかわからない。

自分に神経《しんけい》発達障《しょう》がいがあるといわれて以来、あたしはずっとしっくりしないものを感じてきた。「あなたの見方はみんなとはちがう。だから、ほかの人たちに合わせなくちゃいけない」こんないい方をされれば当然だ。考え方や感じ方、愛し方に憎《にく》み方、そして生き方まで、ぜんぶまわりの人に教わりなさいと。でも、そんなことしたら、まわりから変わった目で見られるだけじゃなく、なにより、自分が自分じゃなくなってしまう。

あたしは、人からこうしてねっていわれたら、そのとおりにする。「やさしくしてね」といわれれば、そのとおりやさしくする。相手がいる前ではぎこちない笑いを浮《う》かべ、いないところでは悪口をいうのを、やさしい、とはいわない。人が見ていても、いなくても、ずっとそこにあるのがやさしさだ。

世間では、自分がやさしくすれば、相手もやさしくしてくれるという。いじめだって、大人《おとな》たちに相談すればなんとかしてくれると。

でも、ちがう。今だって、あたしをいじめた張本人《ちょうほんにん》が、教師《きょうし》の名札をつけて壇上《だんじょう》に立ち、学校でいちばん質《たち》の悪いいじめっ子たちにほほ笑《え》みかけている。しかもそいつらを、今さっき、いじめ対策員《たいさくいん》に、みんなをいじめから守る役に任命《にんめい》したのだ。

「おい、キーズ。おれたちがいじめ対策員《たいさくいん》をやるのに不満なのか？　ひっでえなあ」スペンスがおどけていう。

この戦いに勝ち目はない。ルールを作るのも、そのルールを好きに変えられるのも、あいつらだからだ。

「ダロウさん、座《すわ》ってください。身勝手な行動はつつしむように」マーフィ先生が、かすかに笑《え》みを浮《う》かべていった。

あたしはニナの方を見た。前はよくいっしょにヒナギクで花冠《はなかんむり》を作った。ピンク色の花はぜんぶニナにあげた。いっしょにアバを踊《おど》ったり、ニナがヘアスタイリストのまねごとをして、あたしの髪《かみ》を編《あ》んでくれたりもした。車の後部座席《ざせき》で、ふたりで秘密《ひみつ》の暗号を使っておしゃべりをし、父《とう》さんや母《かあ》さんが、「なにいってるの？」って、とまどってふり向くたびに、いっしょにキャーキャー笑った。ひいおじいちゃんのお葬式《そうしき》では、ふたりで手をにぎり合って、「式が終わるまでずっとにぎっていようね」って約束した。ニナがはじめてバレエシューズを買ってもらったときは、星やスパンコールできれいにかざりつけをしてあげた。小学生のとき、ニナを泣かした男の子にかみついたこともある。

生まれてからずっと、あたしはニナのことを大切に思い、ニナのために生きてきた。

まわりにいる子たちを見回す。みんな見知った顔だけど、なかでも、あたしに助けを求めてきた子たちの顔が目につく。あたしがどんな行動に出るか、じっと見守っている。

ぷいっと目をそらし、出口に向かう。

うしろから先生の呼《よ》ぶ声がするけど、ふり向かない。

もう限界《げんかい》。あいつらに合わせようとしてたら、こっちがおかしくなっちゃう。

✿

まだお迎《むか》えの時間には早かったけど、そのままアディのところへ行くと、校庭にいたエルスペス先生が、あたしに気づいてかけ寄《よ》ってきた。

「ああ、よかった。キーディ。お家に電話したんだけど、だれも出なくて」

「なにかあったんですか？」あたしは身構《みがま》えた。

エルスペス先生は新人だけど、すばらしい先生だ。あたしも小学生のとき、この先生に習いたかった。机《つくえ》の上に小さなタコの人形をかざり、クラスの子全員の誕生日《たんじょうび》をちゃんと覚えてる。口に出してはいわないけど、アディもエルスペス先生が好きなのはわかっていた。

先生のあとについて、広い教室に入ると、アディがすみにうずくまり、メルトダウンを起こしていた。

そう、あれはメルトダウン。あたしとまったくおんなじだからわかる。

アディはおびえ、大声で泣きわめいていた。顔は真《ま》っ赤《か》で、涙《なみだ》でぐしゃぐしゃにぬれている。補助員《ほじょいん》の人が、アディのそばにひざまずき、やさしくなだめて手を取ろうとするけど、触《ふ》れられるたびにアディは手を引っこめ、大声で泣《な》き叫《さけ》んでいる。

ここにはまだ、あたしが六歳《さい》のときに使っていたあれが置いてあるだろうか？ 教室を見回すと、すみの方に青色のプラスチック容器《ようき》を見つけた。あたしは急いでエルスペス先生をそこへ引《ひ》っ張《ぱ》っていき、これをいっしょにアディのところへ運んでほしいと頼《たの》んだ。先生はわけがわからなそうだったけど、すぐに手を貸《か》してくれた。あたしたちが運んでいるのを見て、補助員《ほじょいん》の人もあわててかけ寄《よ》ってきた。

あたしはアディの前にその青い容器《ようき》を置くと、さっとふたを取った。

「さあ、見てて、アディ」

そういって、容器《ようき》の中に手をつっこむ。それは小さな砂場《すなば》だった。その中に手をうずめ、肌《はだ》に砂《すな》を感じていると、まわりのことをすべて忘《わす》れられるのだ。

アディがじっとあたしの手を見つめる。でもまだすすり泣きはおさまらない。あたしはもう一度やさしく呼《よ》びかけた。

「こうしてるとね、砂《すな》がとっても気持ちよくて、心が落ち着くんだよ」

メルトダウンが起きると、いつも手が汗《あせ》まみれになって、その感覚があたしはきらいだ。それまでがんばってかぶってきた仮面《かめん》がはがれ、自分を見るまわりの目が永遠《えいえん》に変わってしまい、せっかくはらってきた犠牲《ぎせい》がむだになったとわかったとき、必要なのは、気をまぎらわせ、心を解放《かいほう》してあげることだ。ただ砂《すな》だけを感じ、はらった犠牲《ぎせい》がむだになったことは考えないようにするのだ。

「ほら、こうやってにぎってみて。指のあいだから砂《すな》を落としてもいいし」

アディはがんばって呼吸《こきゅう》を落ち着けようとしながら、まばたきもせず、じっとあたしの手を見つめている。と思ったら、とつぜん、手のひらで自分のこめかみをピシャリとたたいた。

「わお」あたしは感心したように、やさしくいった。「アディは強いね。ほかの人じゃなくて自分をたたくんだ。でも、自分を傷《きず》つけるようなことはしないで。見ててつらいから。かわりに砂《すな》をたたいたらいい。べつにどこにもいかなくていいし、なにもしなくていい。無理して気持ちを落ち着けなくてもいい。ただ、このまま、いっしょにこうしていようよ。アディがたたきたくなる気持ち、ちゃんとわかるよ。あたしもなにかに圧倒《あっとう》されて、追いつめられたみたいになると、ときどき、血まみれになるまで自分をひっかいちゃう。でも、それって痛《いた》いよね？」

アディは震《ふる》えながら深呼吸《しんこきゅう》し、片手《かたて》を砂《すな》の中につっこんだ。

「そう、いい子だね。どう、気持ちいい？」

がんばって仮面《かめん》をかぶっているせいで、肌《はだ》がかゆくなってくる。砂《すな》に触《ふ》れていても、前みたいに気持ちよくはない。それでも、手は入れたまま、アディを落ち着かせる方法を考えた。そして、視線《しせん》はアディに向けたまま、エルスペス先生に小声でこう頼《たの》んだ。

「先生、アディのバッグから、サメのステッカーブックを取ってきてもらえませんか？」

ささっと動く気配がして、しばらくすると、あたしのひざの上に本がそっと置かれた。

「アディは、今もやっぱりニシオンデンザメが好きなの？」

気をそらすことで、不安もしのげるようになる。不安を無理におさえこもうとした結果、耐《た》えられなくなって爆発《ばくはつ》するのがメルトダウンだ。なにかしなきゃと心がせきたてられるときこそ、なにもしなくていいといい聞かせるのだ。

あたしはもう一度同じことを聞いた。

「アディのお気に入りは、今もニシオンデンザメ?」

アディがぼんやりとした顔でうなずく。あたしはそうっと本を開き、出てきたページを指しながらいった。「このサメは、なんていうの?」

アディはページをじっと見つめ、深呼吸《しんこきゅう》していった。「シロワニ」

「わお、こわそうだね」

あたしがシロワニのステッカーを指さしながらいうと、アディがかすれた声でいった。

「ううん。歯はこわそうだし、からだも大きいけど……」アディはいったん息をついてつづけた。「……人間をこわがってるの。それに……」

言葉がとぎれ、アディがうろたえる。あたしはすぐさまいった。

「だいじょうぶ。ちゃんと聞こえてるよ。このサメはおとなしいんだね。従順《じゅうじゅん》で」

「その言葉の意味、わかんない。いいたい言葉が、出てこない」

「見た目ほど、こわくはないんだね？」

アディがうなずく。「うん」

「それって、かわいそうだね」あたしは、庭にいる小鳥に話しかけるようにいった。「そっとしておいてほしいのに、こわい顔をしてるばっかりに、ひどいいわれ方して」

アディは、壁《かべ》によりかかったはずみで、ちょっと頭をぶつけたけど、そのまま目を閉《と》じ、砂《すな》をさわりつづけた。みんなの視線《しせん》を感じたけど、あたしはふり返らなかった。

「ここにいるのは、あたしとアディだけ」そう、小さくアディにささやく。「アディのそばには、いつもあたしがいるからね」

15

アディが帰れるようになると、あたしはアディを抱《だ》いて学校をあとにした。アディはぐったりしながらも、手にサメのステッカーブックをしっかりにぎっていた。

今ごろ、仕事からもどった母《かあ》さんが、学校からの連絡《れんらく》を受けて、こっちへすっ飛んできていることだろう。

校門まで来たとき、その母《かあ》さんとニナの姿《すがた》が見えた。母《かあ》さんは、まだ家のカギをにぎったままだ。ふたりとも、アディとあたしを見てぼうぜんとしている。

母《かあ》さんがそばに寄《よ》ると、アディはこばむような声をあげて、あたしにしがみついた。母《かあ》さんは一瞬《いっしゅん》、顔をゆがめたけど、すぐに笑顔《えがお》をつくっていった。

「キーディが落ち着かせてくれたの?」

「うん」とあたしは答え、ニナの方をちらっと見た。きっと目をそらすだろうと思ったけどちがった。ニナの目はアディにくぎづけだった。うでをあたしの肩《かた》に回し、足をあたしのからだにまきつけるようにして、しっかり抱《だ》かれているアディを、ぼうぜんと、傷《きず》ついた表情《ひょうじょう》でじっと見つめている。ニナの中でなにかが砕《くだ》けたのがわかった。

あたしがだまったまま歩きだすと、母《かあ》さんとニナも家に向かって歩きだした。

母《かあ》さんが、あえて明るくいった。

「そういえば、ふたりはもうすぐ十四歳《さい》ね。なにかみんなでお祝いしなくちゃ」

「お祝いに、鼻ピアスがしたいな」そういったけど、だれもなにもいわない。

「わたし、もう予定があるの」ニナがあわてたようにいう。「ヘザーと街に出かけるの」

「予定なら、あたしにもあるよ」

あたしの予定は、『ヴォーグ』と『ニューヨーカー』の雑誌《ざっし》、それにクリームチーズとサーモンをはさんだベーグルを買って、エジンバラの植物園へ行くこと。それから、ボニーとジュニパーの丘《おか》のてっぺんに座《すわ》って、沈《しず》む夕日をいっしょにながめるんだ。

すると、母《かあ》さんが意を決したようにいった。

「家で誕生会《たんじょうかい》を開こうと思うの。ふたりのお友だちを呼《よ》んで、合同パーティをしましょう。誕生日《たんじょうび》はいつもどおり、ふたりいっしょにお祝いするの」

あたしは、うでの中にいるアディのことだけを考え、気持ちを落ち着かせた。

誕生日《たんじょうび》には、ヘッドホンがほしかった。ニナはなにがほしいんだろう。

夜寝《ね》る前、ニナがお化粧《けしょう》やらヘアメイクの動画を撮《と》っては、ネットにアップしているのは知っている。動画の中のニナはふだんのニナとはちがうけど、それでもあの連中といるときよりは、まだニナらしかった。動画のニナを見ているときだけは、ニナといっしょにいるような気持ちになれた。そうだ。だったらニナのプレゼントはあれしかない。

エンジェルの花屋と、クレオの本屋〈役立ち屋〉のあいだにある、ビーチム夫人の雑貨《ざっか》屋《や》で、ニナに贈《おく》るプレゼントを見ていると、だれかがうしろに立った。

「へえ、めずらしいな。こんなところで会うなんて」

ヒューだ。あたしは無視《むし》を決めこみ、棚《たな》をあさりつづけたけど、ふとルイスのことを思い出した。

「そうだ。ちょうどいいたいことがあったんだ」

さりげないふうを装《よそお》ってふり返ると、ヒューが期待のこもった目で見てきたので、ちょっといいだしにくくなった。

「なんでもどうぞ」

「もう、ルイス・グラハムにかまわないでくれない？」

ヒューの顔がくもり、わけがわからないといった表情《ひょうじょう》に変わる。こういう表情《ひょうじょう》には、もう慣《な》れっこだ。いじめっ子は、はじめ面食《めんく》らったあと、そんなことはしてないと反論《はんろん》し、最後は、そっちの誤解《ごかい》だといってくる。

自分のことを正義《せいぎ》のヒーローかなにかだと思いこんでるやつにかぎって、「だれかがあんたのこと、悪者だっていってたよ」というと、ひどく動揺《どうよう》する。

「ルイスって、集会でピアノを弾《ひ》く、あのルイスのことか？」

「そう」

「あれは、ただのじょうだんだよ」

あたしは、あらためてヒューの顔をじっくりと観察した。その顔に、先祖《せんぞ》のダンカン・ジュニパーと似《に》たところがないかと。たしかに講堂《こうどう》にあるジュニパーの胸像《きょうぞう》とはあまり似《に》てない気がするけど、ふたりが似《に》ているところはあるんだろうか。

「ただのじょうだん？」あたしは、ヒューのいいわけの言葉をくり返した。「どこが？」

「え？」ヒューは、あたしのあとをゆっくりついてくる。

「どこが笑えるのか、いってみてよ」

ヒューは、ふうっと息を吐《は》くと、落ち着かなそうにいった。

「ほら、あいつ、なんかヌケて見えるじゃん。制服《せいふく》はぶかぶかだし、いつもビクついてて。それに、だれに取られると思ってんのか、いつも楽譜《がくふ》をしっかり抱《かか》えててさ。あんなもの、だれがほしがるよ？　ちょっと驚《おどろ》かせてやろうってだけで、たいした意味なんてないんだよ。ただ、ちょっとからかっただけさ」

ヒューは、「ただ」とか「ちょっと」って言葉を連発した。

「ふうん、そう。わかった気がするわ」

なにがわかったのか、いおうと思ったとき、ヒューが着ている黒いシャツの文言に目がとまった。赤い字で、「男ってのは、しょうがないやつだ《ボーイズ・ウィル・ビー・ボーイズ》」とある。

「ばかみたい」あたしが軽い気持ちでいうと、ヒューは自分の着ているシャツを見下ろした。「そんなこと、思ってもいないくせに」

「いや、思ってるよ。すごく愚蒙《ぐもう》だよ」

「それ、どういう意味？」

「辞書で調べたら？」

「もし、辞書を売ってるところに連れていってくれるなら――」

そのとき、店の扉《とびら》が開き、風にあおられた扉《とびら》がバタンと壁《かべ》に当たった。戸口でニナが、ヒューを探《さが》して店内をきょろきょろ見回している。ようやく姿《すがた》を見つけると、ホッとした表情《ひょうじょう》でいった。

「そこにいたのね」

あたしは急に気まずくなり、その場から離《はな》れた。この店には、ニナのプレゼントを探《さが》しに来たのであって、ヒューとは偶然《ぐうぜん》会っただけだ。ニナに、ヒューに会いにきたように思われたくはなかった。

「あの子、邪魔《じゃま》したりしなかった？」

ヒューにそうたずねながら、ニナもまたヒューのシャツの言葉に目をやった。一瞬《いっしゅん》、なにか思ったみたいだったけど、それをごまかすように、おかしそうに笑っていった。

「そのシャツ、すごくいいわね。気がきいてて。どこで買ったの？」

ヒューは、さあねって感じで肩《かた》をすくめていった。

「べつにいいだろ。どうせもう着ないし。じゃあ、またな、キーズ」

「キーディだよ」

あたしはそう訂正《ていせい》すると、ニナがヒューのうでを引《ひ》っ張《ぱ》って店を出るまで、ふたりの方を見ないようにしていた。

誕生会《たんじょうかい》の当日、あたしは急に不安になってきた。

ニナに渡《わた》すプレゼントを持って階段《かいだん》の上に立つと、なんだかちがう家にいるみたいな感じがした。母《かあ》さんは病院のシフトが入っていたので、父《とう》さんがパーティの準備《じゅんび》を引き受けた。

テーブルの上にはスナックやピンクレモネード、特大の誕生日《たんじょうび》ケーキが並《なら》べられた。

アディはキッチンのとなりの部屋《へや》にいて、サメのステッカーブックを手に、黄色いソファの上で丸まっていた。あたしはアディに聞いた。

「どう？　新しい言葉は増《ふ》えていってる？」

この前、いいたい言葉が出てこなかったとき以来、アディは言葉のいいかえにはまっていた。

アディは顔を上げて「順調」といった。

「〈順調〉を、べつの一語で表すと?」

いっしょうけんめい考えているアディの姿《すがた》に、思わずほおがゆるむ。

「OK《オーケー》」

「アルファベット二つだけど、よくできました」

アディも笑顔《えがお》で返す。アディとのあいだに生まれた、新しい絆《きずな》のようなものに胸《むね》が熱く
なるのを感じながら、ニナへのプレゼントをキッチンのテーブルの上に置いた。

父《とう》さんが大声で歌いながら、ピザを切り分けていると、玄関《げんかん》の呼《よ》び鈴《りん》が鳴った。

「ニナはまだ支度中《したくちゅう》なんだけどな」父《とう》さんが相手に聞こえるのも気にせずいう。

あたしが玄関《げんかん》に行き、ドアを開けると、ボニーが抱《だ》きついてきた。

「ボンボン!」

歓声《かんせい》をあげ、ボニーを中に招《まね》き入《い》れる。ボニーに会ったら、急に胸《むね》のつかえが取れた。

だいじょうぶ。きっとすばらしい誕生会《たんじょうかい》になる。

ボニーがプレゼントを差し出した。そのぐちゃぐちゃの包装《ほうそう》を見て、ふたりで大爆笑《だいばくしょう》。

もらったプレゼントを、ニナへのプレゼントの横に置き、ボニーに向き直ったところ

で、また呼《よ》び鈴《りん》が鳴った。

今度はニナも下に降《お》りてきて、ドアを開ける前に、父《とう》さんを裏口《うらぐち》の方へ押《お》しやりながらいった。

「父《とう》さんは、散歩にでも行ってて。わたしたち、もう十四歳《さい》よ。四歳《さい》の子どもじゃないんだからね」

ニナの顔はお化粧《けしょう》で塗《ぬ》り固《かた》められ、目がひきつっていた。あたしとボニーには目もくれない。

心配そうな顔をして裏口《うらぐち》から出ていく父《とう》さんを、あたしは申《もう》し訳《わけ》なさそうに見送った。

ニナは水色のベロアのトラックスーツ姿《すがた》で、あたしはお手製《てせい》のアンティークドレス。ピンクのチュール地のところどころにスパンコールがあしらってある。ボニーはいつもと同じ、ジーンズにバンドカラーシャツ。三人とも、てんでばらばらのかっこうだ。

ニナが玄関《げんかん》の鏡で髪《かみ》を整えてからドアを開けると、ヒュー、スペンス、ヘザー、ソフィ、キムの五人が、あまり気乗りしないようすで、とまどいながら立っていた。

キムはときどき、グループ以外の子たちにもやさしくすることがあって、いつかのけ者にされるんじゃないかとびくびくしている。ソフィは、ネット上ではひどい言葉を浴びせるくせに、面と向かってだとなにもいえない。家にソフィがいると思うと、聖域《せいいき》を冒《おか》されたような気分になった。

「とりあえず入って。すぐ、街へ出かけるから」

ニナが、五人を安心させるようにいうと、五人はのろのろと家に入ってきた。家具を見ていた五人が、あたしとボニーに目をとめた。

ボニーは、このあいだ自分をおどかした相手がいるのを見て、ちょっと青ざめたけど、すぐに背筋《せすじ》をすっとのばし、食事が用意されたテーブルの方に目を移《うつ》した。

「あれ、いたんだ」ヒューが、驚《おどろ》いたようにあたしを見た。

「双子《ふたご》なんだから、誕生日《たんじょうび》はいっしょ。ふたりともさそり座《ざ》よ」あたしがからかうようにいうと、ソフィがうんざりしたような声を出した。もともと地味な顔をしているけど、意地の悪さでみにくく見える。あたしが、文句《もんく》があるならいってみろ、とばかりににらみつけると、いじめっ子がよくするように、さっと目をそらした。

「あなたたちも、いるつもりなの?」

ヘザーがそういって、あたしからボニーに視線《しせん》を移《うつ》した。

「ここ、あたしの家だからね。それにボニーは、いつだって大歓迎《だいかんげい》。ふたりとも、準備《じゅんび》ができたら出ていくよ」そう、さらりと答える。

この数分間でもう、このパーティが、母《かあ》さんの思《おも》い描《えが》いたような楽しいものにはならないことがはっきりした。

あたしはニナをにらんだ。ニナには、この状況《じょうきょう》を変えることができる。あいつらのやってることをやめさせ、どこかちがう場所へ連れていくことだってできる。たった一度でいいから、あいつらじゃなく、あたしの味方をしてほしかった。あいつらがいじめるのを見て見ぬふりをするんじゃなくて、行動を起こしてほしかった。

でも、ニナはだまっている。

ヒューとスペンスは、テーブルの上の料理をつまみ食いしている。ソフィはボニーの方を見て、ねっとりとした口調でいった。

「あなたってさあ、わたしたちの学校に通ってないわよね」

あたしはボニーが答える前にはっきりいった。

「ボニーはべつの学校に通ってるんだ。べつにめずらしいことじゃない」

「まあ、そうよねえ」ソフィが、間のびしたような口調でいう。「ところで、ふたりは自《じ》閉症《へいしょう》クラブで知り合ったわけ？」

ニナがぎょっとした顔でソフィを見た。あたしはにやっと笑っていった。

「ちがうよ。あたしたち、作業療法《りょうほう》で知り合ったんだ。いやあ、ソフィ、あんたかしこいね。そうだよ、ふたりとも自閉《じへい》だよ。それに、もうすぐ自閉症《じへいしょう》クラブにも入ろうと思ってる。あそこは、すっごくおいしい料理が出て、ダイヤモンドをちりばめたルービックキューブで遊ばせてくれるんだって。ま、あんたみたいに、ダサいセンスしてるやつは、入りたくても入れてもらえないだろうけど」

「そうだ。ねえ、そろそろ食べて、出かけよっか？」

ニナは、あたしの言葉をさえぎるように明るくいって、あいつらの手にお皿を押《お》しつけた。

ヒューはだれよりも多く、お皿によそっていく。そのヒューが、あたしの顔をのぞきこむようにしていった。

「すてきな服だね」

どうってことのないセリフだけど、ヘザーとソフィは、え？　という目でヒューを見た。

あたしは、「ありがと」とだけいった。ほかになんていえばいいかわからないから。すると、ニナがあわてていった。

「キーディは、おしゃれ好きなの。家族の中でいちばんいいセンスしてるのよ」

ニナを見つめ、ほんのちょっと笑ってみせた。ニナも笑《え》みを返す。

あたしは、ふたりの誕生日《たんじょうび》を楽しくお祝いしたかった。どうでもいいような人たちには帰ってもらって、ふたりでボウリングに行きたかった。いっしょにジュニパーの丘《おか》に座《すわ》り、エンジェルやボニー、アディの五人で楽しく過《す》ごしたかった。よけいなことを考えなくてよかったときにもどりたかった。定型発達《ニューロティピカル》の人たちを中心に回っている世の中で、自《じ》閉《へい》のあたしたちが生きていくのは簡単《かんたん》なことじゃない。ティーンエイジャーとなれば、なおさらだ。

「うまそうなケーキだな」

スペンスがケーキを切ろうとすると、ヘザーがナイフを取り上げた。

「ちょっと、ケーキカットは、バースデーガールがするものよ」そういって、ニナにナイフを手渡《てわた》す。「誕生日《たんじょうび》、おめでとう、ニナ。みんなでお祝いの歌を歌わなくちゃね」

そして、大人《おとな》っぽく聞こえる声で、まるであたしに当てつけるように、「ハッピーバースデー、ニナ」と歌いだした。ソフィも加わり、男の子たちも、ぼそぼそと歌いだす。

ボニーがおろおろしだした。心のやさしいボニーには、あいつらがやってることは想像《そうぞう》もつかないことなのだ。ニナもきまり悪そうに顔を赤くしている。でも、止《や》めさせようとはしない。

そのとき、となりのリビングから、小さいけど断固《だんこ》とした声がいった。

「今日《きょう》は、ふたりのお誕生日《たんじょうび》よ」

ふり返ると、アディがサメの本をしっかり胸《むね》に抱《かか》え、けわしい表情《ひょうじょう》でこっちを見ている。その姿《すがた》が一瞬《いっしゅん》、ひいおばあちゃんのアストリッドの姿《すがた》にかぶって見えた。まだ小さいのに、何人ものティーンエイジャー相手に、ひるむようすはない。

「そうよね。今日《きょう》はキーディのお誕生日《たんじょうび》でもあるよね」ボニーが笑顔《えがお》でアディにいう。

すると、ヘザーがボニーに矛先《ほこさき》を向けた。

「あら、失礼。ところで、あなたはなんでここにいるの？」

そのいい方はやけになれなれしく、笑いかけてはいるけど、悪意からいっているのが丸わかりだ。でも、ボニーは気づかない。

「キーディの友だちなの。パーティに招待《しょうたい》されたのよ」ボニーが満面の笑《え》みで答える。

「それは変ね。これはニナのためのパーティで、みんな、ニナのために集まってるの。悪いけど、今日《きょう》の主役はニナだけよ。そこへとつぜん押《お》しかけてきて、失礼じゃない？」

ヘザーの上から目線のいい方に、あたしはすばやくこう返した。

「わお、さすがヘザー。ずいぶんお高くとまっちゃって（注：英語のHeather《ヘザー》は、「高飛車な子」の意味で使われることがある）。行こう、ボンボン。エンジェルといる方がずっと楽しいよ」

「そうそう。変人三人組で、ちょうどいいんじゃない？」ソフィがヘザーに目配せしながらいう。ふたりは、ふんっと鼻で笑い、キムはちょっと困《こま》ったような顔をしている。ニナは無《む》表情《ひょうじょう》で、なにを考えているのかわからない。

「特別な子たちのための、特別なパーティってわけね」ヘザーがソフィにそう耳打ちすると、ソフィはぷっとふき出し、ばかにしたように笑った。

あたしは、もう一度だけニナの方を見て、なにかいってくれるのを待った。頭の中でカウントする。一、二、三――。

二十まで数え、それでもニナがなにもいわないとわかると、あたしはすっと前に出た。

ボニーがうしろにいるのをたしかめてから、ニナの仲間を見すえ、静かに切り出した。

「あんたたちが、あたしのことをなんといおうと、べつにかまわない。いつものことだから。でも、ボニーに向かってそんな口のきき方はしないで。ちょっとでもね。じゃないと後悔《こうかい》するよ」

エンジェルのこともそうだ。あいつらにエンジェルのことを知られるのもいやだった。

「おい、ニナ。おまえのいうとおりだったぜ」スペンスの言葉には悪意がこもっていた。

「ほんと」と、ソフィもあいづちを打つ。「あんたのきょうだいって、マジでイカれてる」

その言葉を聞くや、あたしは行動に出た。ケーキをひと切れつかみ、ソフィの顔にたたきつけた。ソフィの悲鳴が響《ひび》く。

「キーディ！」

ニナが叫《さけ》んだ。恐《おそ》ろしさのあまり手で口をおおっている。アディは、なにが起こっているのか、すべてを見届《みとど》けようと前に出た。ボニーは、思わずクスッと笑ってしまい、ヘザーにキッとにらまれた。

「ほんと、学ばないやつらだね」

あたしはあいつらの、人をばかにしたようないい方をまねていった。

いったんタガが外れると、もうどうすることもできない。いっちゃいけないとわかっているのに、口から悪口がぽんぽん飛び出してくる。ちょうど森で、水でっぽうの水を浴びせかけたように。

「ねえ、スペンス、あんた自分の親からどう思われてるか知ってる？　あんたの親は、あんたの話をしたがらないし、だれかが話を持ち出すのも恐《おそ》れてるよね」

思ったとおり、スペンスはしゅんとなった。まるで秘密《ひみつ》にしておきたかった心の一ページを、みんなの前で読み上げられたみたいに。あたしはつづけてキムにいった。

「キム、歴史《れきし》の授業《じゅぎょう》いっしょだよね？　ロシアの歴史《れきし》に出てくるスターリンとその取《と》り巻《ま》き、あれって、うちのニナとあんたたちとおんなじだよ。あんたはいつか裏切《うらぎ》り者《もの》の烙印《らくいん》を押《お》されて粛清《しゅくせい》される。覚悟《かくご》しといた方がいいよ」

つづいてヒューの方を向く。ヒューはこの期におよんで、まだにやにやしていた。この展開《てんかい》をおもしろがっているのだ。ルイス・グラハムをいじめておもしろがったように、ボニーの花の冠《かんむり》を取っておもしろがったように。自分の行動がだれかの心を傷《きず》つけているというのに、その傷《きず》が目に見えないのをいいことに、相手がただかんちがいしているだけだという。ニナのことを、あたしの前でぞんざいに扱《あつか》い、それをあたしがうれしがるとでも思っている。

たしかにあたしは、もののとらえ方がみんなとはちがう。でも、こんなやつと同じになるぐらいなら、ちがってる方がずっといい。

「ほら、いえよ。おれの番だろ」ヒューが笑った。

「ダンカン・ジュニパーは、あんたの先祖《せんぞ》だっていったよね？　よかったね、あんたの心の奥底《おくそこ》にも、先祖《せんぞ》と同じものが植わっているよ。野菜みたいにね」

ヒューの顔から笑いが消えた。

「ルイス・グラハムのいじめの話をしたとき、あれはただのじょうだんだっていったよね？　あのときは、なんでルイスをいじめるのか、その理由がわからなかったけど、今わかったよ。しかもその理由ときたら笑える。あんたとスペンスは、テストの点がひどくて、勉強ができないばかりか、それをおぎなう芸術《げいじゅつ》や創作《そうさく》の才能《さいのう》も持ち合わせてない。だから、ルイス・グラハムが、ぶかぶかの制服《せいふく》を着ているのを見て、そのやり場のない思いをぶつける標的にしたんだ。劣等感《れっとうかん》から、ちょっとでも解放《かいほう》されたくてね。ルイスの家は、ルイスの成績《せいせき》のことなんてぜんぜん気にしてない。ピアノのレッスンを受けさせているのは、ルイスに才能《さいのう》があるってわかってるから。それが、あんたたちはおもしろくないんだ。しかも、さらに屈辱的《くつじょくてき》なのは、ルイスの家が裕福《ゆうふく》じゃないってこと。うちの家みたいにね。いい服を買ってあげたり、学期ごとにブレザーを買い替《か》えたりする余裕《よゆう》なんてない。それがあんたをいら立たせるんだ。自分はなんでも手に入るくせに、ルイスにはかなわない。だから苦しくて仕方ないんだ。――そうか、そういうことか。今、あんたのいうじょうだんの意味がわかったよ。あんた自身が、じょうだんみたいな存在《そんざい》なんだ。あんたらは、笑えない、みじめなじょうだんのかたまり。だから、自分たちみたいにうすっぺらくはない、ボニーやルイスみたいな中身のある人間をいじめておもしろがるんだ。ボニーは、あんたたちのように心が毒《どく》されてないから、簡単《かんたん》にやっつけられてしまう。でも、あたしがそうはさせない。解毒剤《げどくざい》になって、ボニーを守る。思うようにはさせないからね」

部屋《へや》じゅうがしんと静まり返っている。ソフィは顔についたケーキを紙ナプキンで必死にふいている。あたしは、キッチンのテーブルからプレゼントの包みを取って、ニナに手《て》渡《わた》した。

「……誕生日《たんじょうび》、おめでとう。これ、プレゼント」声が震《ふる》えている。

ニナは差し出された包みを、ぼうぜんと見つめた。

「わ、わたし……、用意してない」

「え？　なにも？」ボニーが思わずいった。あたしの気持ちを思い、心を痛《いた》めている。

「……ご、ごめん」ニナが、ようやく聞き取れるくらいの、か細い声でいった。

ボニーがハミングしながら、からだをゆする。だめだ、このままここにいたら、ボニーかあたし、どっちかがメルトダウンを起こしてしまう。もしボニーが感情《かんじょう》をおさえきれなくなったら、大変なことになる。

こういう場合、あたしの方が冷静だ。少なくとも、いつもはそう。でも、今日《きょう》はちがうみたい……。

「きょうだいの誕生日《たんじょうび》に、プレゼントもない……。ニナがそんな人だったなんて」

ボニーがコートを着ながらつぶやく。

ニナの友人たちは押《お》し黙《だま》っている。ニナが許《ゆる》しを請《こ》うようにあたしを見ていった。

「キーディ、ごめんなさい。わたし——」

あたしは、こぼれそうになる涙《なみだ》をこらえていった。

「いいよ。べつに。期待してなかったから」

そういってボニーの手を取り、玄関《げんかん》に向かう。

「待って！」

アディだ。あたしとボニーが立ち止まると、走ってきて、空いている方のあたしの手をつかんだ。

ニナの方をふり返ると、その目はしっかりとにぎられた、あたしとアディの手をじっと見つめていた。ニナは一瞬《いっしゅん》、傷《きず》ついたような表情《ひょうじょう》を浮《う》かべたけど、あたしに見られないよう、すぐに顔をそむけた。

アディとボニー、あたしの三人は、ニナとその友人たちを残し、家を出た。

16

三人でリース川のほとりを歩く。川のせせらぎと、小鳥たちのさえずりが耳に心地《ここち》いい。しばらくしてボニーがぽつりといった。

「ニナ、変わったね」

「うん。そうだね」あたしはさらりといった。

「前は、もっとやさしかったのに」

「今もやさしいよ。あたしたちの前だとちがうけど」

「どうしてなの？　いったいなにが起こったの？」ボニーが手をひらひらさせながら、深いため息をつく。

「思春期ってやつだよ。まわりの同調圧力《あつりょく》にふり回されてるんだ。ニナはきらわれた経験《けいけん》がないから、人からきらわれるのがこわいんだ」

あたしは、道のわきに生えている雑草《ざっそう》をたたきながら、たんたんと答えた。

「登校するとき、意地の悪い取《と》り巻《ま》きがそばにいないと不安なんだよ。そのくせ、あいつらが仲間を裏切《うらぎ》るのをたくさん見てきてるから、そのうち自分もやられるんじゃないかって、心配もしてる」

ニナたちのグループは、うわべだけの友情《ゆうじょう》が行きつく墓場《はかば》だ。

「なんで、自閉《じへい》じゃない人たちは、ものごとをわざとややこしくするの？」と、ボニー。

「わからない。それに、もうどうだっていい」

あたしたちは川岸の芝生《しばふ》に座《すわ》った。ボニーがくつをぬぎ、つま先で冷たい水に触《ふ》れるなり、キャッと声をあげたので、みんなで笑った。

「そうだ、好きなサメ、ほかに見つかった？」あたしはアディにたずねた。

「また、その質問《しつもん》？」と、アディ。「答えはいっしょ。ニシオンデンザメ」

「へえ、まだニシオンデンザメなんだ」あたしは、おおげさに驚《おどろ》いてみせた。

「そうだよ」

あたしは、ステッカーブックのページを適当《てきとう》に開いた。

「このサメは？」

「ジンベエザメ」

「『ジンベエ』って名前の人が、そのサメに乗って泳いだから？」

くだらないことをいってるってわかってたけど、そうせずにはいられなかった。自分がやらかしたことを考えないようにするためだ。あいつらにいったことはぜんぶ本当のことだけど、それでもやっぱりいうべきじゃなかった。真実だからこその残酷《ざんこく》さがあるからだ。それに、真実を口にしたからといって、自分がかしこくなったり、強くなったりするわけじゃない。ただ意地悪になるだけ。そしてあたしは、意地悪な人間にはなりたくはなかった。

「そうじゃない」アディは、あたしの苦い思いには気づかずいった。「ジンベエザメは、サメの中でいちばん大きいの。それにエサもほかのサメとはちがうんだよ」

「人間を食べるの？」

「ちがうよ」

「へえ、からだはいちばん大きいのに、肉食じゃないんだ。なんか意外だね」

「ジンベエザメのつぎに大きいのがウバザメだよ」

アディは、サメを大きいもの順に並《なら》べたページを見せながら、すらすらといった。「ホホジロザメとかイタチザメとかニシオンデンザメもけっこう大きいけど」

「ホホジロザメって、なんかこわい」ボニーがいった。

「そんなことないよ」アディの表情《ひょうじょう》がかたくなる。「ホホジロザメが人間を襲《おそ》うっていうのはうそだよ」アディの声には、いら立ちがこもっていた。あたしはしみじみといった。

「つまり、こういうことか。人間はサメのことを好きなだけ槍《やり》で突《つ》いたりできるのに、サメが反撃《はんげき》したとたん――」そこでヒュッと口笛をふく。「悪いのはサメってことになる。やっぱりサメはこわいねって」

手のひらを見つめてたら、急に、なにもかもどうでもよくなってきた。いじめ退治《たいじ》も、トラブルメーカーのように思われるのも、もうたくさん。勝手にこうだと決めつけてくる人たちに、それはちがうって、いちいち説明するのは、もううんざりだ。

サメがうらやましい。恐《おそ》ろしいって評判《ひょうばん》があるおかげで、そっとしておいてもらえるんだから。

月曜日の放課後、あたしは校長室へ呼《よ》ばれた。父《とう》さんと母《かあ》さんも仕事を早退《そうたい》して同席するぐらいだから、よほど重要なことにちがいない。アディはニナが連れて帰ることになった。

ひとり校長室へ向かっていると、演劇《えんげき》のラティマー先生に会った。

「あら、キーディ、まるで絞首台《こうしゅだい》に向かう囚人《しゅうじん》みたいね」

ラティマー先生の笑顔《えがお》を見たら、楽しかった演劇《えんげき》の授業《じゅぎょう》を思い出した。渓谷《けいこく》から飛《と》びおりる兵士《へいし》の役とか、タイタニック号の乗客の役とか——。ラティマー先生の演劇《えんげき》の授業《じゅぎょう》では、本当の自分をさらけ出せたし、好きなスタイルで学べた。

ラティマー先生は、あたしからいつものハキハキした言葉が返ってこないので顔をくもらせ、廊下《ろうか》のすみに手招《てまね》きした。

「校長先生に呼《よ》ばれてて」そういいながら、自分の声がいつもとちがうのに気づいた。今日《きょう》一日、ニナやその仲間たちと鉢合《はちあ》わせしないよう、ずっとこそこそ逃《に》げ回《まわ》っていた。ランチのときなんて、トイレの個室《こしつ》にこもって食べた。

「なにかあったの？　わたしでよかったら聞くわよ」先生がやさしくいった。

「昨日《きのう》……」涙声《なみだごえ》の自分が恥《は》ずかしい。「あたし、ひどいことしちゃった」

先生は一瞬《いっしゅん》からだをかたくしたあと、あたしのうでを取り、廊下《ろうか》を少し行ったところにある先生の部屋《へや》に連れていってくれた。

あたしがいすに座《すわ》ると、先生は机《つくえ》の端《はし》にこしかけ、心配そうにあたしを見つめた。

「なにがあったか、話してみて」

「あたし、ニナとその友だちに、ひどいことしたんだ」いいながら、自分が情《なさ》けなくなった。あたしの言葉は、矢のようにまっすぐ相手の心に突《つ》きささる。だから、ふだんから気をつけているのに、あのときはついカーッとなってしまって、気づいたときには火薬に火がつき、バンバン撃《う》ちまくっていた。

「それで、なにか後悔《こうかい》するようなことをいっちゃったのね？」

あたしはうなずいた。「そう。すごくひどいことを」

「ねえ、キーディ、聞いて。ニナはやさしいし、わたしも好きよ。でも、もし今いっしょにいるあの子たちが、あなたのいうニナの友だちなのだとしたら、あなたが取った行動は、なにかあってのことだったんじゃない？　あなたがどういう子か、わたしはよく知ってるわ。みんなが自信を持てるようはげましたり、自分の殻《から》にこもっている子の背中《せなか》を押《お》してあげたり、荷物を運ぶのを買って出たり。なんにでもいっしょうけんめい取り組む姿《すがた》をずっと見てきたわ」

あたしは顔を上げられず、ひざを見つめて涙《なみだ》をこらえた。

この村では、みんなが同じじゃなければいけない。だれかひとりが、ほかの人より目立つことは許《ゆる》されないのだ。でも、あたしの場合、その気はなくても、いつのまにか目立ってしまうことがよくある。自分をかくそうとしているつもりでも、気づくとみんながあたしをじろじろ見て、好き勝手いっている。それが、この村になじめないひとつの理由だった。

あふれそうな涙《なみだ》をぐっとこらえる。これ以上、目立ちたがってると思われたくはない。

「校長室までいっしょに行きましょ」ラティマー先生がいった。

ラティマー先生と校長室に入ると、父《とう》さんと母《かあ》さんが校長先生の前に座《すわ》って待っていた。父《とう》さんは心配そうな顔であたしを見つめ、母《かあ》さんはぐったりしていた。

「お待たせしてすみません。キーディに、お手伝《てつだ》いをしてもらっていたんです。おくれたのはわたしの責任《せきにん》です」ラティマー先生がおだやかにいった。

「ああ、いいんだよ。連れてきてくれてありがとう」校長先生が答える。

「またお会いできてうれしいですわ」ラティマー先生は、父《とう》さんと母《かあ》さんにそういったあと、あたしのうでをそっとにぎってから部屋《へや》を出ていった。

四人だけになると、あたしは仕方なく、父《とう》さんと母《かあ》さんのあいだのいすにこしかけた。

「ここに呼《よ》ばれた理由は、本人はわかっていると思います」

マクドノー校長が机《つくえ》の向こう側から、あたしに視線《しせん》を送る。

「週末、わが家でひと悶着《もんちゃく》あったようで。くわしくは知りませんが、子どもたちのあいだで口論《こうろん》になったようです」父《とう》さんがいった。

マクドノー校長は表情《ひょうじょう》を変えず、だまってそばにあったフォルダーに手をのばし、中からくしゃくしゃの紙を取り出して机《つくえ》の上に置いた。父《とう》さんと母《かあ》さんが紙をのぞきこむ。

いじめ退治《たいじ》のチラシだ。

「キーディ？　これは……？」母《かあ》さんがとまどいながらたずねる。

「おじょうさんは、いじめ退治《たいじ》をするといって、ほかの子たちにチラシを配ってるんです。いじめについては、学校が厳重《げんじゅう》に対処《たいしょ》しているから、なにもしなくていいと、すでに一度おじょうさんに伝えたのですが、残念ながらまだつづけているという情報《じょうほう》が、何人かの生徒から寄《よ》せられています。それも、お金をもらってやっていると」

母《かあ》さんが息をのみ、父《とう》さんは小さく「なんてことだ」とつぶやいた。

あたしはうつむき、ひざの上でこぶしをにぎりしめた。

「本当なの？　キーディ？」母《かあ》さんがたずねる。

あたしは制服《せいふく》のブレザーのポケットから小銭《こぜに》入れを取り出し、ファスナーを開けた。中からは折りたたまれた紙幣《しへい》が何枚《なんまい》も出てきた。母《かあ》さんがびっくりした顔でたずねた。

「こんなにたくさんのお金、いったいなにに使おうっていうの？」

「個人的《こじんてき》なことだからいえない」あたしは歯を食いしばって答えた。校長先生は話をつづけた。

「もうおわかりのように、これは重大な問題です。そもそも学校での金銭《きんせん》のやり取りは禁《きん》止《し》されています。しかも、いじめた相手をかわりに殴《なぐ》ってやるだなんて、とんでもないことです」

「殴《なぐ》る？」あたしははじめて顔を上げ、校長先生を見すえた。「あたしはだれも殴《なぐ》ってないし、殴《なぐ》る約束をしたこともありません」

「きみが具体的になにをやってるのかは知らないが」先生は少しあわてたようすでいった。「でも、この問題をこのまま放っておくわけにいかないのはたしかだ」

「しかし、みんな、ずいぶん払《はら》わされたもんだな」父《とう》さんがきびしい口調でいった。

「そうだね」あたしは怒《おこ》られるのを覚悟《かくご》していった。

「いや、つまりね、これだけ多くの子たちが、いじめをなんとかしてほしいと思ってるってことだろ？」

あたしは肩《かた》をすくめていった。「まあね」

「興味深《きょうみぶか》いとは思いませんか？」父《とう》さんは校長先生の方に向き直っていった。「こんなに大勢《おおぜい》の生徒が、先生に相談するより、おこづかいをはたいてでも、自分たちの仲間に助けを求めたってことですよね？　ひょっとしたら、先生に相談するにはしたけど、どうにもならなくて――」

「いいですか」先生は、父《とう》さんの言葉をさえぎるように手を上げた。「この学校に、いじめはありません。一件《けん》を除《のぞ》いて」

「え？」あたしは顔をしかめた。

「今朝《けさ》、いじめ対策員《たいさくいん》がわたしのところへある報告《ほうこく》に来ましてね。今日《きょう》お呼《よ》びしたのはその件《けん》です」校長先生はつづけた。「残念なことに、キーディが、いじめ対策員《たいさくいん》にいじめをしたのです」

爆弾《ばくだん》がさく裂《れつ》したような衝撃《しょうげき》が部屋《へや》じゅうに走った。いちばんショックを受けたのはあたしだ。あたしは校長先生をじっと見つめ、今の発言を先生が撤回《てっかい》するのを待った。

「あたしがいじめた？　あいつらが、そういったんですか？」

「週末、誕生会《たんじょうかい》で、とんでもなくひどいことをされたといっていたが」校長先生は、聞きかじった話の断片《だんぺん》をたしかめるようにいった。

「なぜそういうことになったか、あいつら、そのいきさつまでちゃんと説明しましたか？」あたしは問いただすようにいった。

「キーディ」と、母《かあ》さんがなだめる。「いったいなにがあったの？　ニナはいおうとしないのよ」

「みんな、よってたかって、あたしの親友のボニーにひどいことをいったんだよ」あたしは、校長先生をまっすぐ見すえていった。「だから、怒《おこ》ったんだ。しかも、ちょっと前にも、スペンスとヒューは、ボニーに悪さをしてる。ボニーには、重い自閉《じへい》の症状《しょうじょう》があって、ただでさえサポートが必要なんだ。そういう相手にやっていいことだと思いますか? ソフィが前に、全般性不安障がいの子をトイレに閉じこめた話は聞いてますか? ソフィは、その子が叫《さけ》ぶのをおもしろがって、ずっと出してあげなかったんだ。そのとき、校長先生はどこにいました？　先生たちは助けに行きましたか？」

「キーディ、落ち着いて」母《かあ》さんの表情《ひょうじょう》からは、心の葛藤《かっとう》が伝わってくる。つねにわが子の味方でありたいと思っているけど、そのせいで先生とのあいだに溝《みぞ》もつくりたくない。先生とのあいだで食いちがいが生じたとき、自分の子どもが百パーセント正しいというわけにはいかないこともわかっている。

その一方で、母《かあ》さんはあたしが自閉的《じへいてき》だということも知っている。診断《しんだん》を受けたとき、母《かあ》さんはその場にいた。あたしのような子を、見下したがる人間がいることも知っている。

「なにがあったにしても、相手をいじめていい理由にはならんよ。そのことは、きみがいちばんよく知ってるはずだ」校長先生がいった。

「あたしが一度まちがったことをしたからって、あいつらがこれまでやってきたことはぜんぶ水に流すってわけ？　あっちは、なんのおとがめもなしってこと？　だいたい、いつも人をいじめてるようなやつらに、ちょっと意地悪なことをいったからって、それをいじめっていう？　いじめってそういうもんじゃないよ」

「きみはそうやって、自分の行動を正当化しているつもりだろうが、もうやめるんだ」校長先生はきびしい口調でいった。「チラシはぜんぶ回収《かいしゅう》して廃棄《はいき》した。あとは、きみがひどいことをした、いじめ対策《たいさく》員のみんなに謝罪《しゃざい》の手紙を書くように」

「ちょうど今日《きょう》、ニナがヒューを夕食に招待《しょうたい》してるわ。ヒューにはそのとき直接《ちょくせつ》あやまったらどう？」母《かあ》さんの提案《ていあん》に、あたしはがくぜんとした。

「あんなやつに、あやまってたまるか」

「いいえ、あなたはちゃんとあやまるわ」と母《かあ》さん。

父《とう》さんは、いすに座《すわ》ったままもぞもぞと居心地《いごこち》悪そうにしている。校長先生のいうことも、母《かあ》さんがいうことも、おかしいと思っているんだろう。

「ひどいことするやつらに、ひどいことをいったからって、なんであやまらなきゃいけないわけ？　こんなの、魔女狩《まじょが》りと変わらないよ！」

「まあ、キーディったら！　ヒューのことを悪魔《あくま》かなにかみたいにいって。あの子はふつうの男の子よ。あやまらないっていうなら、食事の席につかなくていいわ」

校長先生がうなずいた。「まずは、そこからはじめるんだ。いいね、キーディ？」

さらに、校長先生は同情《どうじょう》するような目であたしを見つめた。

「なんですか？」あたしはにらんでいった。

「いや、きみはもしかして、前にだれかにいじめられたことがあって、その個人的《こじんてき》な恨《うら》みから、復讐《ふくしゅう》をしようとしてるんじゃないかと思ってね。自閉《じへい》のことで、だれかにいやな思いをさせられたことがあるのかね？　人とちがうからっていう理由で。いや、その辺はちゃんと理解《りかい》しておきたいと思ってね」校長先生は真剣《しんけん》な顔でいった。

先生が、本当に心配してくれているのはわかっていた。それでも、あたしはふっと鼻で笑ってしまった。さらにあたしが大声をあげて笑いだすと、校長先生はびっくりして固まった。そんな先生に、あたしは小さな子どもをさとすような口調でいった。

「いいですか、先生。もしあたしが、これまで受けてきたひどい仕打ちひとつひとつに仕返しするとします。意地悪なことをいわれたり、階段《かいだん》で押《お》されたり、ドアで指をはさまれたり、ばかにされたり、校庭でけつまずかされたり、宿題を破《やぶ》り捨《す》てられたり、変人だといわれたり、そういうすべてに復讐《ふくしゅう》しようと思ったら、残りの人生ぜんぶ使ったってぜんぜん足りませんよ」

母《かあ》さんは悲しそうにため息をつき、父《とう》さんはいすをこっちに寄《よ》せてきた。そんなふたりの方は見ず、校長先生だけを見てつづける。

「これは、復讐《ふくしゅう》なんかじゃありません。ものごとを正そうとしてるだけです。本当は、これまでに、あたし自身がだれかにやってほしかったことだけど、それを今、自分のためじゃなくて、ほかのだれかのためにやってるだけです」

校長先生は深いため息をついていった。

「でも、それには、もっといい、べつのやり方があるように思うんだがね」

校長先生はそういって話をしめくくり、面談はそこで終わった。

人口の割合《わりあい》からいって、あたしのようなタイプは、少数派《しょうすうは》。多数派《たすうは》は、自閉《じへい》ではない定型発達《ニューロティピカル》の人たちだ。その定型発達《ニューロティピカル》の人たちは、見えない取り決めのようなもので動いている。しかも、その取り決めは、いちいち説明されないから、あたしみたいな少数派《しょうすうは》は、知らないうちにその取り決めを破《やぶ》っていることがよくある。合図を見落とし、言葉を字面《じづら》どおりに受け取ってしまうのだ。そして、その取り決めを破《やぶ》れば破《やぶ》るほど、受ける罰《ばつ》はきびしくなる。ただのけ者にされているだけだったのが、島流しにされ、ただ無関心だったのが、敵意《てきい》に変わる。でも、定型発達《ニューロティピカル》の人たちに悪意はない。何千年ものあいだにつくられた取り決めを守っているだけ。でも、あたしはその取り決めがわからず、破《やぶ》ってしまうのだ。

校長室を出ると、校長先生や父《とう》さんたち、あいつらの顔がしだいに心から消えていく。

家で母《かあ》さんとニナのいい合いがはじまると、あたしはよく、父《とう》さんやアディといっしょにリビングへ行き、父《とう》さんの古いレコードに耳を傾《かたむ》ける。

好きな曲は、ジョニ・ミッチェルの『青春の光と影《かげ》』。今ならあの歌詞《かし》の意味がよくわかる。仮面《かめん》をつけても、つけなくても、結局同じ。わからないものは、わからないんだ。

あたしにはもう、なにがなんだか、ぜんぜんわからない。

17

「来てくれてありがとう、ヒュー。キーディが伝えたいことがあるそうよ」

母《かあ》さんと父《とう》さん、ニナ、それにニナのしょうもないボーイフレンドが、あたしをじっと見つめる。アディはお皿の上の食べ物で遊んでいる。

あたしたち五人は食卓《しょくたく》を囲《かこ》んで座《すわ》り、家の中は不気味なほどしんと静まり返っている。

あたしはアスパラガスをフォークでつつきながら、いいたいことをこらえていった。

「このあいだは、ごめん」

「いいんだよ」ヒューがすかさずいった。「ソフィもちょっと意地悪だったよね」ニナが長いまつげの下から、ヒューをじっと見つめる。あたしの謝罪《しゃざい》をすんなり受け入れたことに驚《おどろ》き、ちょっとうろたえている。

母《かあ》さんがヒューに軽くほほ笑《え》み、これですべて解決《かいけつ》ね、というようにうなずいた。

父《とう》さんが、えらいぞ、とあたしに笑いかけてきたけど、あたしはだまったままお皿の上の食べ物をつつきつづけた。

母《かあ》さんはマッシュポテトのお皿をヒューにすすめ、アディにほほ笑《え》みかけた。

「今日《きょう》はどうだった？　学校は楽しかった？　どんなことをしたの？」

「覚えてない」と、アディ。

「そんなことはないでしょ」母《かあ》さんがにこやかに返す。「かしこい子なんだから、覚えてるはずよ」

あたしはふうっとため息をついた。べつにアディは、意地を張《は》ってあいってるわけじゃない。学校生活は、体力を消耗《しょうもう》するから、なにがあったかまで覚えていられないのだ。戦場を生きぬくのにせいいっぱいで、脱出《だっしゅつ》できたときにはもう、なにがあったか思い出せなくなっている。

「エルスペス先生に聞いたんだけど、肖像画《しょうぞうが》を描《か》いてるんですって？　アディの絵、見てみたいわ」ニナが、アディが話しやすいよう話題をふった。

でも、アディはだまっている。はたから見ると、なにも考えてないみたいに見えるだろうけど、じっさいはちがう。用意したいくつもの答えが頭の中を飛《と》び交《か》い、相手はどの答えを聞きたがっているのか考えている。そして、まちがった答えをいわないようにしなきゃ、と思うあまり、硬直《こうちょく》してしまうのだ。

「エルスペス先生に聞いたけど、アディ、この前は本当に大変だったみたいね。留守番電《るすばん》話に入ってたわ」

母《かあ》さんの言葉に、父《とう》さんはうなずいてみせたけど、家族の話をあまりヒューの前ではしたくなさそうだ。

「なにかあったんですか？」

ヒューがたずねると、母《かあ》さんは言葉をにごした。「ああ、たいしたことじゃないの。ちょっと気持ちがいっぱいいっぱいになっちゃっただけ。ときどきあるのよね？」

「昔、キーディがそうだったみたいにね」父《とう》さんが小声でつけ足し、あたしと母《かあ》さんの方をちらっと見た。

その視線《しせん》のやり取りに気づいたヒューが、アディの方を見ていった。

「アディも、キーディみたいに自閉症《じへいしょう》だってことですか？」

一瞬《いっしゅん》、時間が止まった。

「……ま、そういうことかな」あたしはお皿をじっと見つめたまま小声でいった。

ニナは顔色こそ変えないものの、目が動揺《どうよう》している。

「ちがうわ。アディはキーディと同じじゃない」

「ヒュー、もう少しチキンはいかが？　ちょっとこげちゃってるけど」

母《かあ》さんが話題を変えようといった。一方、父《とう》さんは気にせず、こう答えた。

「アディは、診断《しんだん》を受けているわけじゃない。でもまあ、ふたりともそうならすばらしいけどね。今のところ、ひとりだけさ」と、あたしのうでを軽くこづく。

「え？」

ヒューが顔をしかめてみんなを見回す。「今の、本気でいったんですか？」

「チキンはいかが?」母《かあ》さんがもう一度いった。

あたしは、さっと顔を上げ、ヒューを見た。

「それ、どういう意味?」

あたしの言葉に、ヒューはびっくりした顔でふり返った。

「だって、ふつう、親は、その……自分の子がふつうであってほしいって願うものだろ?」

「ヒュー、もうやめて」ニナがそっといさめる。

「ごめん。ぼく、なんかおかしなこといった?」ヒューが引きつった顔で笑いかける。

「さあね。あんた、だれに対してものいってるか、わかってる?」

あたしがすごみをきかせていうと、ヒューがいい返した。

「べつにひどいことをいってるつもりはないよ。だって、自閉《じへい》でいるってつらいことなんだろ? それをもうひとりの子どもにも望むなんて、よくわからないよ」

「そう、つらいよ。なんでつらいか知ってる? 考えたことある?」

「ガーリックトーストが焼けたころかしらね。食べたい人は?」母《かあ》さんがキッチンにかけていく。

「いじめには容赦《ようしゃ》しないっていってる学校が、そのいじめをしている張本人《ちょうほんにん》を、いじめ対《たい》策《さく》員に任命《にんめい》するんだから、わけわかんないよ。ほんと、つらいよ」

「ねえ、キーディ、落ち着いて。だいじょうぶだから」ニナがなだめる。

でも、「落ち着いて」といわれるころには、もう手遅《ておく》れ。息をするのが苦しく、頭が割《わ》れそうなぐらいガンガンする。今すぐ、メルトダウンやシャットダウンが起きてもおかしくない。

「目や耳、鼻、肌《はだ》、からだじゅうの感覚が過敏《かびん》で、本当に大変だよ。でも、がまんできる。この村で最高の友だち、ボニーと芝生《しばふ》に座《すわ》ってると、そういうつらさもすべて忘《わす》れられる。なぜだかわかる？　ボニーもあたしと同じだからだよ」

あたしは立ち上がり、ナプキンでさっと口をふくと、父《とう》さんたちにいった。

「なんであたしが、村の創立《そうりつ》祭であの木にのぼったと思う？」

母《かあ》さんはガーリックトーストを手におろおろしている。あたしはヒューを指さした。

「こいつが、ボニーの花の冠《かんむり》を奪《うば》って、取れないところに置いたからだよ」

「あの子が、きみと同じだなんて知らなかったんだ」ヒューがしどろもどろに弁解《べんかい》する。

「それに、ああすれば、きみがぼくのことを見てくれると思ったから」

ニナが打ちのめされたようにヒューを見つめる。

「理由なんか、どうだっていい。肝心《かんじん》なのは、それをやったっていう事実なんだよ。あたしがつらくなるのは、自閉《じへい》だからじゃない。あたしがいちばんうんざりするのはね」ナプキンを投げ、いすをうしろに押《お》しやり立ち上がる。「自閉《じへい》をそういう目で見る、あんたみたいな人間がいることなんだよ」

「ヒュー、もう帰った方がいい」父《とう》さんがいったけど、あたしは父《とう》さんのこともヒューのことも見ていなかった。

かわりにアディをじっと見つめた。アディはだまったままお皿を見つめている。

「ねえ、アディ」

あたしの呼《よ》びかけに、アディがゆっくりと顔を上げ、あたしを見る。

「こういう人間に、好き勝手いわせておいちゃだめ」あたしはヒューを指さしながらいった。「自閉《じへい》かどうか、そんなのはどうだっていい。自分がだれであれ、こんなひどい扱《あつか》いを許《ゆる》しちゃいけない。いいね？」

アディの口元に笑《え》みが浮《う》かぶ。うなずきはしないけど、あたしたちはちゃんとわかり合えている。それはこの先もずっとそうだろう。ふたりのどちらかが、世間からどんなレッテルをはられようとも変わらない。

アディを見ていると、自分自身を見ているような気がする。

そうだ、これからのために、今やるべきことがある。

そう思ったら、いてもたってもいられなくなり、あたしは二階へかけ上がった。

✿

寝室《しんしつ》にかけこみ、貯金箱《ちょきんばこ》を壊《こわ》そうとしていると、父《とう》さんが来た。

父《とう》さんは、そっと部屋《へや》に入ってくると、あたしのベッドにこしかけ、ひじをついて部屋《へや》を見渡《みわた》した。歌手のポスターにレコード。ミシンやお手製《てせい》のラックは、リサイクルショップで見つけて手直ししたものだ。

「おまえの手にかかると、なんだってキラキラ輝《かがや》きはじめる」父《とう》さんは、あたしの服をあごで指しながらいった。

あたしは肩《かた》をすくめ、鼻を鳴らした。

「たいしたことないよ。ただのファッションだよ」

「たいしたことないだって？」父《とう》さんがにやっと笑って、あたしをこづく。

「ほら、バーバラ先生と最後に面談をした日のこと、覚えてるかい？　自閉《じへい》の診断書《しんだんしょ》を受け取ったときのことだよ。あのときの、あのかっこうときたら、すごかったなあ。スパンコールをいっぱいにちりばめたピンクのフェイクファーのジャケットに、サングラス、それにピンクのカウガールブーツをはいて、優雅《ゆうが》に先生の部屋《へや》に入っていったんだ」

「あれは、なんかのカタログにのってたのを、まねたんだ」あたしはそのときのかっこうを思い出しながらいった。「カタログを見てたら、アストリッドが注文してくれて」

「先生たち、とまどってたなあ」

「そうだね」

あたしが一瞬《いっしゅん》だけ笑うと、父《とう》さんはふうっとため息をついていった。

「十四歳《さい》ぐらいのときっていうのは、なんでも軽く受け流すのが難《むずか》しくて、つい過敏《かびん》に反《はん》応《のう》してしまうんだ」

「まだ十四歳《さい》になって、ちょっとしかたってないけどね」

「まわりにふり回されちゃだめだ。人がなんといおうと、自分らしくいればいい」

「父《とう》さんは、あの誕生会《たんじょうかい》の場にいなかったからわからないんだ。あいつらがどんなことをしたか、いつもどういうことをしてるか。……あんなの、まちがってる」

「そうだな、わかってる」

「善人《ぜんにん》でもないくせに、善人面《ぜんにんづら》するやつらを、あたしは許《ゆる》せない」

「そのうちわかると思うが、いいところばかりの人間なんていない。悪いところしかない人間がいないのと同じでね。みんな、それぞれいろんなものを抱《かか》えながら、せいいっぱいやってるんだ」

「そんなの信じられないね」

「そうだな。十四歳《さい》じゃ、難《むずか》しいかもな」

「でも、アディには、いいところしかないんじゃない？」

父《とう》さんが一瞬《いっしゅん》、からだをこわばらせたのがわかった。

「そうだな。たしかにアディはそうだ」

「もし、ニナの友だちがしたようなことを、アディがされたら？　そのときは、どうすればいい？」

「そうだなあ」父《とう》さんは、ゆったりとした口調でいった。「アディのことを見守って、助けてくれる人間がいるといいんだが」

下のキッチンから、母《かあ》さんとニナの声が聞こえる。ニナは涙声《なみだごえ》で、母《かあ》さんはニナをなだめようとしている。アディの声は聞こえない。あたしは思わずつぶやいた。

「ねえ、父《とう》さん、あたし、なんでいつもすぐ怒《おこ》っちゃうんだろう？」

父《とう》さんはだまっている。キッチンの声はまだつづいていて、外で雨の音がしている。

しばらくして父《とう》さんは、ふっと息をついていった。

「その、よくわからないが、父《とう》さんにはこの村が、なにか催眠術《さいみんじゅつ》にでもかかっているんじゃないかと思うことがある。遠い昔からの呪縛《じゅばく》のようなものがあって――。だから、仕方ないのかもしれん」

「え？」あたしは父《とう》さんをじっと見つめた。

「父《とう》さんは、生まれてからずっとこの村で暮《く》らしてきた。ちょっと古風な趣《おもむき》のある、おだやかな村だ。みんな道をきれいにするし、スーパーの募金箱《ぼきんばこ》にもお金を入れてくれる。ただ、声をあげる人間にはやさしくない。人とちがうことをする人間にはね」

自閉《じへい》と診断《しんだん》されたからといって、生きやすくなったわけじゃない。こうこう、こういう場面ではこうしましょうと、すべてのヒントがのった手引書を手渡《てわた》されたわけじゃない。

あたしだって自分のことを誇《ほこ》りに思いたい。でも、ボニーやエンジェルがそばにいないときは、そんな夢《ゆめ》みたいなことといってもしょうがないって思えてくる。いくら、「あたしってすごいんだよ」っていってみたところで、ヒューみたいなやつらが、あわれむような目や、びっくりしたような目で見てくるだけ。みんなから敬遠《けいえん》されているものを、よく誇《ほこ》りに思えるなって——。

「あたし、できるだけ声をあげないように、もっとだまっているようにがんばってるんだよ。でも、この口が……」

「だまろうとしなくたっていいさ」父《とう》さんがやさしくいった。「がんばらなくても、自然と声をあげられる人間がいる。声をあげるために生まれてきた人たちがね。そうやって声をあげたことで、だれかをはっと目覚めさせることだってある。なかには、耳をふさぐ人だっているだろう。キーディの声を聞いて、自分の中にも同じ思いがあると気づく人もいる。ボニーや、キーディがよく話題にするあのエンジェルって子がそうだ。神様だって、なにも考えずにわれわれを作ったりはしない。キーディと同じような人間が、この世にたったひとりしかいないなら、偶然《ぐうぜん》ってこともあるだろう。でも、ふたりや三人、いや、何千人ともなれば、それは偶然《ぐうぜん》なんかじゃない。ちゃんと意味あってのことなんだよ」

思わず涙《なみだ》が出そうになったけど、ふだん仮面《かめん》をかぶるときの要領《ようりょう》で、心の底に押《お》しこめた。

「父《とう》さん、あたし、もっといい人間になりたい」

「おまえは立派《りっぱ》なとてもいい人間だ。まさに善良《ぜんりょう》を絵に描《か》いたようなね。ニナの友だちになんといわれようと、自分を疑《うたが》っちゃいけない。もしひどい目にあわされて、なにかやってしまったとしても、根っこのいい部分は変わらない。だれだって倒《たお》れることはある。でも、キーディ、おまえは倒《たお》れたままではいられない。ちゃんと起き上がれる」

「ニナは本当に変わっちゃった。あたし、もう、どうしていいかわからない。なんでこんなにひどいことになっちゃったんだろう?」

「父《とう》さんが応援《おうえん》してたサッカーのチームが、試合に立てつづけに負けたときのこと、覚えてるかい? 父《とう》さんが落ちこんでたら、おまえがやってきていったんだ。『ちがうチームを応援《おうえん》したら?』ってね」

「覚えてるよ。父《とう》さんはあのとき、チームを変えたらすむ問題じゃないっていったんだ。だから、あきらめはしないって」

「そうだ。ニナのことも同じだ。このところ負け試合がつづいてるかもしれないけど、またちゃんと元のニナにもどって、勝てる日がくる。そのときになれば、なぜニナのことをあきらめなかったのかわかるよ」

お金のつまった貯金箱《ちょきんばこ》を見つめる。いじめ退治《たいじ》をしてかせいだお金。まちがいを正す目的でやってきたつもりだった。でも、本当の目的はべつのところにあったんだ。

あたしは貯金箱《ちょきんばこ》をたたいた。こなごなに砕《くだ》けるまで——。

容赦《ようしゃ》なくたたきつけるはげしい雨の中をかけだす。父《とう》さんと母《かあ》さんが大声で呼《よ》んでるけど、ふり返らない。からだじゅう、ずぶぬれだけど気にならない。あたしは市場の前をかけぬけ、クレオの本屋さんを通りすぎ、エンジェルの花屋を目指した。

「閉店《へいてん》」の札が出てたけど、そのまま中にかけこんだ。作業場を抜《ぬ》け、レジの奥《おく》にあるドアを開けると、エンジェルとその両親がびっくりした顔であたしを見た。

その表情《ひょうじょう》に、ようやく自分のしたことに気づき、申《もう》し訳《わけ》ない気持ちになった。

「ごめんなさい。でも、もう待っていられなくて」あたしの手には、あの小銭《こぜに》入れがにぎられている。

「キーディ、ずぶぬれじゃない」

いきなり押《お》しかけてきたのに、からだのことを心配してくれるエンジェルのやさしさに目頭《めがしら》が熱くなる。

「おや。すると、こちらが、そのキーディなのかい？」

エンジェルのお父《とう》さんが、うれしそうに席を立ち、大きな手を差し出した。あたしはその手をにぎりながら、気持ちを落ち着けようとした。

「だいじょうぶかい？」おじさんが手を離《はな》した。あたしのせいでぬれてしまった手をふこうともしない。

「ネットで、エンジェルが通っている学校のことを調べました」あたしは息を切らしながらも一気にいった。「前金を、前金をお支払《しはら》いすると、将来《しょうらい》入学するための枠《わく》が取れるんですよね？　ウェブサイトにそう書いてありました」

「キーディ、いったいどうしたの？　ご家族に電話しようか？」エンジェルがたずねる。

「前金を預《あず》けておけば、入学できるんですよね？」今のあたしには、目の前のおじさん以外、なにも目に入らなかった。

おじさんは、自閉《じへい》の子のことは理解《りかい》してるつもりだったけど、まさかこんな子がいたとは、と驚《おどろ》きの目であたしを見つめた。「まあ、たいていはね。それがどうかしたのかい？」

あたしは小銭《こぜに》入れから紙幣《しへい》と硬貨《こうか》を、さらにポケットから貯金箱《ちょきんばこ》のお金を取り出すと、テーブルの上に広げた。そして、すがるような目でおじさんを見上げた。

「これで、なんとかなりませんか？　とりあえずってことで。けっこうな金額《きんがく》です」

ようやく事情《じじょう》がのみこめたおじさんが、やさしくいった。

「キーディ、エンジェルみたいに、ぼくの学校に通いたいのかい？」

みんなから同情《どうじょう》とあわれみのまじった目で見つめられ、苦しくなる。あたしがぶんぶん首をふると、髪《かみ》についた雨のしずくが飛び散った。

「ちがいます。通いたいのは、あたしじゃありません」あたしは笑顔《えがお》をつくってみせた。うまくいくよう縁起《えんぎ》をかつぎたくて。だって、今は希望にかけるしかないから。

「通うのは、妹のアディです」

18

みんながだまったままなので、自分で沈黙《ちんもく》を埋《う》めることにした。

「妹のアディには、エンジェルが通ってるような学校が必要なんです」鼻からしたたる水をふき、まつげについた水をまばたきしてはらう。

船は難破《なんぱ》し、あたしは船のかじ取りに失敗したひとりぼっちの船長。でも今はもう、そんなことはどうだっていい。船は今、嵐《あらし》の中にある。外では嵐《あらし》が荒《あ》れ狂《くる》っているけど、ここにいればだいじょうぶ。それに胸《むね》にはひとつの希望がある。

「妹のアディはあたしと似《に》ています」一瞬《いっしゅん》ためらったあと、あたしはいった。ずっと前に気づいていたけど口にできなかった真実。あの日、砂《すな》の中に手をうずめたとき、アディがサメの種類をそらんじたとき、あたしにはもうわかっていた。

「似《に》ているから、あたしのような目にあわせたくないんです。幸せでいてほしいんです」

これは、心にためてきた不安や恐《おそ》れのほんの一部。すべてを洗《あら》いざらい口にすることは、こわくてできない。

アディをここから連れ出すんだ。でないと、あたしもずっとここにとどまらなくちゃいけなくなる。あたしは船に乗り、ひとりで地平線の彼方《かなた》へと船を進め、もう決してふり返らないはずだった。でも、聡明《そうめい》で、感情豊《かんじょうゆた》かで、思いやりがあり、不安になりやすいアディを守らなくちゃいけない。だから船を旋回《せんかい》させる必要がある。でも、そうすると、あたし自身がこなごなに砕《くだ》けてしまう。あの貯金箱《ちょきんばこ》のように。だから、アディをここから逃《に》がすんだ。自由にものがいえず、人を批判《ひはん》してばかりの、この息のつまりそうな場所から。そうすれば、あたしも自由になれる。

「アディはあたしよりずっとすばらしい人間です」声をしぼりだすようにしてうったえる。「本当です。でも、この村の人たちはちがう。だから、あたしがなんとかしてあげなきゃ」

となりにいたエンジェルが、あたしをぎゅっと抱《だ》きしめた。こんなときじゃなかったら、うれしくて天にも昇《のぼ》る心地《ここち》だっただろう。でも、今のあたしに大事なのは、おじさんの返事だけ。「わかった」といって、手続きを進めてくれることだけ。

おじさんがお金をかき集めるのを見て、心に希望が芽生え、あたたかい気持ちになる。その集めたお金を、おじさんはあたしににぎらせ、やさしくこういった。

「歩きながら話そう、家まで送っていくよ」

✿

はげしい雨の中、おじさんがさしかけてくれる大きな傘《かさ》に守られるようにして歩いた。

「キーディ、きみのしようとしたことは本当にすばらしいことだよ」おじさんは、ひとつひとつ言葉を選ぶようにいった。「ただ、非常《ひじょう》に残念なことに、あの学校はとてもお金がかかるんだ。生徒たち一人《ひとり》ひとりに合ったサポートと環境《かんきょう》を整えるためには仕方なくてね。公立とちがって、国や自治体からお金は出ないし」

「つまり、あたしなんかに払《はら》えるような額《がく》じゃないってことですね」

「そうは思わないよ」

あたしは目を閉《と》じ、ふうっと息を吐《は》いた。

「でも、アディには、ああいう学校が本当に必要なんです」

「わかってる」おじさんは、つらそうな声でいった。

「きみにだって必要だ。ボニーだってそうだし、世界中のたくさんの子たちが必要としている」

「こんなの不公平だ」

てっきり、「人生とは不公平なものだよ」って言葉が返ってくると思ったのに、おじさんはただうなずいて、こういった。「きみのいうとおりだ」

そのとき、遠くの方にうちの車が見えた。かなりのおんぼろだけど、猛《もう》スピードでこっちへ走ってくる。車に気づいたおじさんがいった。

「そのお金で、妹さんになにか特別なものを買ってあげてほしい。それから、キーディ、きみにはひとつ、妹さんのためにできることがあるよ」

涙《なみだ》が雨にまぎれることを願いながら、あたしは目をしばたたかせた。「できること?」

「そう。きみがアディと同じくらいだったときのことを思い出して、妹さんを支《ささ》えてあげるんだ。雨風に動じない木になるんだ。きみならできるって信じてるし、もうすでにやってるじゃないか」

もしエンジェルの家に生まれていたら、あたしの人生はまるっきりちがっていただろう。必要なときに手をさしのべてくれる学校に通い、なにかにつけ比《くら》べられる双子《ふたご》のきょうだいもいない。でも、そしたらアディもいなかったことになる。

みんなが車を降《お》りてこっちへかけてくる。アディが心配そうな目であたしを見つめている。もし、この小さな愛する妹がいなかったら……、そんなこと、考えただけでどうかなりそうだ。

あたしはアディのことをずっとニナにまかせ、距離《きょり》を置くようにしてきた。そうしないと、愛《いと》おしい気持ちがどんどんふくらんで、苦しくなるのがわかっていたから。それはエンジェルに対しても同じ。アディの場合とはまたちがった感情《かんじょう》だけど、その感情《かんじょう》におぼれたらどうしようって思うのはいっしょだ。

自分の心のことは、その地図が描《か》けるぐらい、すみずみまで知っておかなくちゃいけない。危険《きけん》な岩場や急流の場所。どの道は安全で、どの橋は危険《きけん》か。真っ暗な洞穴《ほらあな》や、なにもかものみこんでしまう草原の場所。それらをすべて把握《はあく》し、近づかないようにする。

×《バツ》印のついた場所には、自分の秘密《ひみつ》がかくされていて、地図をだれかに見せる以上は、その秘密《ひみつ》を掘《ほ》り起《お》こされる覚悟《かくご》が必要だ。秘密《ひみつ》を持ち去られることだってある。見せなきゃよかったと後悔《こうかい》することもあるだろう。でも、地図というのは、人の心と同じで、真っさらなままにしておいたり、使わずにしまっておいたりするためのものではない。

さあ、今こそ、船をべつの海原《うなばら》へ進ませるときだ。海獣《かいじゅう》狩《が》りをやめ、サメを救《すく》うんだ。これからもずっと、北極星を目指しつづけられるように。北極星はひとつの星のように見えるけれど、じつは複数《ふくすう》の星の光が集まって見えている。その光を見つづけるかぎり、進むべき方向をまちがうことはない。

「あたしにはできる」

その声は雨風の音にかき消されたけど、決意はゆるがない。

はげしい雨をものともせず、父《とう》さんと母《かあ》さん、ニナが車から降《お》りてきて、あたしを抱《だ》きしめようとする。でも、あたしが見ているのはアディだけ。かけ寄《よ》ってくるアディの表《ひょう》情《じょう》は、いつもと同じでなにも物語ってはいない。あたしはアディの前にひざまずいた。

「こわがらせちゃったなら、ごめん」

アディはだまっている。と、あたしのおでこになにかを押《お》しつけた。その小さな親指で、しっかりと、でもやさしく力を加える。まるでなにかの烙印《らくいん》を押《お》すかのように。その毅然《きぜん》とした態度《たいど》からすると、じっさいそのつもりなのかもしれない。

あたしは、どぎまぎしながら、押《お》しつけられたものに手をのばし、手に取ってそれを見た。雨でぬれた手にのっていたのは、サメの中でもアディのいちばんのお気に入り、ニシオンデンザメのステッカーだった。

19

「だめでしょ」

口調はきびしいけど、べつに怒《おこ》ってるわけじゃない。あたしが今いるのは、ひいおばあちゃんのアストリッドが入居《にゅうきょ》している老人ホーム。ひじかけいすに座《すわ》ったアストリッドは、九十代とは思えないすばやい身のこなしでたばこの火をもみ消した。

「あんたが来るって知ってたら、吸《す》わなかったよ」と、アストリッド。

「たばこは、からだに悪いよ」

あたしは、そう注意するとドアを閉《し》め、そばにあったオットマンにこしかけた。

「あんたの前じゃ、ぜったいに吸《す》わない。つまり、あんたがいつも来てくれてたら、吸《す》わずにすむってことだよ」

アストリッドのえらそうないい方に、思わず笑ってしまった。だって、本人は覚えてないみたいだけど、ちゃんと一時間前に、今から行くよって電話で伝えておいたのだ。最近、アストリッドは物忘《ものわす》れが多くなってきた。でも、昔あったことはしっかり覚えていて、まるで色あせることのない映像《えいぞう》のように、頭の中でくり返し再生《さいせい》される。そういう記《き》憶《おく》のいくつかを、前に授業《じゅぎょう》で第二次世界大戦のことを習っていたとき、アストリッドが話してくれた。

「なんだか今日《きょう》は、いつものおまえらしくないね」

さすがだなと思いながら、あたしはアストリッドをちらっと見た。

「あたし、ひどいことしちゃったんだ」

アストリッドが眉《まゆ》をひそめる。この年になっても、アストリッドはちゃんと眉毛《まゆげ》を整えている。髪《かみ》はきれいな白銀色。昔、アストリッドの娘《むすめ》であるおばあちゃんがよく話してくれた。アストリッドは学校に来るときはいつも、派手《はで》な帽子《ぼうし》にイミテーションの宝石《ほうせき》という、ほかの母親たちとはぜんぜんちがうかっこうで現《あらわ》れたって。年老いた今も、その魅《み》力《りょく》は健在《けんざい》で、大胆不敵《だいたんふてき》さも変わらない。

「やっぱり、あたしの記憶力《きおくりょく》も落ち目なのかねえ」アストリッドがぶすっとしていう。

「だって、あたしのキーディが、人さまにひどいことをするわけがないんだから。まあ、やられて当然の相手なら話はべつだけど」

アストリッドの目に、自分がどう映《うつ》っているのか、ときどき知りたくなる。アストリッドのいう「あたしのキーディ」が、本当のあたしじゃないかもしれないからだ。

「やられて当然の相手かもしれないけど、それでもやめておけばよかった」

アストリッドは、たばこのせいで咳《せき》が出そうになるのをごまかすように咳《せき》ばらいした。

「そういう相手なら、もっとひどい仕打ちをしてもよかったんだよ」

あたしはにやっとしていった。「それで、アストリッドの方はどう？ 元気にしてた？」

「たいくつな質問《しつもん》はおやめ。あんたはそういう子じゃないだろ。で、なにがあったんだい？」

「あたし、ニナの友だちに意地悪なことをいっちゃったんだ」

アストリッドがじっとあたしを見つめる。アディと同じ表情《ひょうじょう》のない顔で。

「あれはいつだったかねえ。あんたがまた母親の炭酸水《たんさんすい》をくすねてないか、あたしが学校のカバンの中をさぐってたときだよ。なにが出てきたんだっけ？」

あたしは恥《は》ずかしくなって、顔をしかめた。「物語だよ」

「そう、そのとおり」アストリッドが勝《か》ち誇《ほこ》ったようにいう。「クラスの子たち全員の作品がのった文集。ペットのことを書いたありきたりな詩とかね。あんたのもあった。まだ六歳《さい》だっていうのに、エピローグまで書いてた」

あたしは思わず笑った。「うそっ、そんなことしてたっけ?」

「あんたが書いたものは、ほかの子たちとはぜんぜんちがってたよ」

あたしはぐるっと部屋《へや》を見渡《みわた》した。たくさんの写真や置物のほか、いろんなものが、よく考えて置かれている。

「ねえ、アストリッド、戦争で敵《てき》が進軍してきたとき、腹《はら》が立たなかった? 復讐《ふくしゅう》してやろうって思わなかった?」

いつもアストリッドが語ってくれる戦争中の話は、どれも信じられないものばかりで、まるで長編歴史映画《ちょうへんれきしえいが》のワンシーンを見ているような気になる。その映画《えいが》の中でアストリッドは、バックにちょこっと映《うつ》るだけのエキストラとちがって、ちゃんとセリフのある登場人物のひとりなのだ。

ナチスがノルウェーを支配《しはい》し、食料が配給制《はいきゅうせい》になったとき、当時まだ小さかったアストリッドは、あまりの空腹《くうふく》にがまんできず、配給されたイワシをぜんぶひとりで食べてしまったという。そのときの罪悪感《ざいあくかん》と恥《は》ずかしさは、何十年たった今も忘《わす》れていない。

「前に戦争の話をしてくれたときも、とくに怒《おこ》ってるようには見えなかったけど……。その、復讐《ふくしゅう》したいって思ったことはある？」

アストリッドがだまったまま、じっとあたしを見ているので、いったことが聞こえてないのか、それとも記憶《きおく》が一瞬《いっしゅん》飛んだのかと思ったけど、しばらくしてアストリッドは深《しん》呼吸《こきゅう》し、いすにもたれかかるといった。

「あるよ。復讐《ふくしゅう》したことが。それも何度もね」

「え？　いつ？　どうやったの？」あたしは、びっくりしてアストリッドを見つめた。

アストリッドは、またしばらくあたしを見つめてからいった。

「あいつらは、勝手に乗りこんできて、なにもかもうばっていったんだ。腹《はら》が立ったに決まってるだろ。イギリスに移《うつ》ってから英語は独学《どくがく》で身につけたけど、あのとき感じた怒《いか》りは、今も言葉じゃいい表せないよ」

アストリッドのノルウェー語なまりは今も残っていて、戦争の話やナチスに占領《せんりょう》されたときの話になるまると、なまりはさらに強くなる。

「兄《にい》さんたちが占領軍《せんりょうぐん》に抵抗《ていこう》して収容所《しゅうようじょ》に連れていかれるのを、あたしは離《はな》れたところから見てた。どうやって助け出そうかって夢見《ゆめみ》ながらね」

そのちょっと変な言葉の使い方に、思わずほほ笑《え》む。でも、あえて指摘《してき》はしない。

「ありとあらゆる復讐《ふくしゅう》を考えては、自分をなぐさめたよ。あいつらがあたしの家族を傷《きず》つけたように、あいつらの家族を傷《きず》つけてやるんだってね。壁《かべ》にかかったあいつらの絵を、ズタズタに引《ひ》き裂《さ》いてやろうってね」

「で、やったの？」いつも笑いが絶《た》えず、明るいイメージしかないアストリッドの口から、復讐《ふくしゅう》とかそういうネガティブな言葉が飛び出すなんて意外だった。と同時に、なんだかホッとしていた。そりゃ、あれだけひどいことをされれば、そう思って当然だ。

「でも復讐《ふくしゅう》っていうのはね」アストリッドはやさしい口調でつづけた。「自分が海に飛びこんでおいて、ほかの人間がおぼれるのを期待するようなものなんだよ」

あたしは目をぱちくりさせた。

「うそ？　復讐《ふくしゅう》しないっていうの？　ナチスに？」

「そうはいってないさ。ただ、あたしがあんたぐらい若かったときに思《おも》い描《えが》いていたような復讐《ふくしゅう》とはちがうってこと。べつの形の復讐《ふくしゅう》さ」

あたしはアストリッドを見つめた。あたしのこの長身と金髪《きんぱつ》は、アストリッドゆずりだ。あたしが生まれるまで、アストリッドは、まわりからひとり浮《う》いていた。でもそんな自分のことをいやだとか、悪く思ったことは一度もなかったという。

「べつの形の復讐《ふくしゅう》って？」

あたしには見当もつかなかった。アストリッドの話は、前に聞いたことのあるものが多いけど、今耳にしているのは、これまで聞いたことのない、まったく新しい話だった。

アストリッドは顔をくしゃくしゃにして笑った。

「あたしのエメラルドの婚約《こんやく》指輪に宝石《ほうせき》、それが復讐《ふくしゅう》さ。おいしいエビを食べ、鳥が飛ぶのを目にし、きれいな花を愛《め》でること、子どもたちに囲《かこ》まれ、あたたかい夕食をいただき、ビーチでくつろぎ、くつを買う、ベルリンに行き、沈《しず》む夕日をながめ、その土地の人たちと笑う、それがあたしの復讐《ふくしゅう》さ」

あたしは言葉が出なかった。

「自分の人生をみじめなものにして、どうする？　たしかに責任《せきにん》を取らせることは大事だよ。ああ、そうさ。だからもしあいつらのだれかが裁判《さいばん》にかけられたら、あたしは法廷《ほうてい》で証言《しょうげん》してやるよ。でも、あたしの人生は？　いつまでも戦争中みたいに、つらい思いを引きずるのかい？　ロブスターやカニを楽しまずに？　いいや、だめだ。それこそ、あいつらの思うつぼだ。そんなことはぜったいにさせない」

あたしは今にも泣きだしそうだった。アストリッドのおかげで、自分がずっと気にしてきたことが、とてもちっぽけな、取るに足らないものに思えた。

「あんたの気持ち、よくわかるさ。相手を罰《ばっ》してやりたい気分なんだろ？」アストリッドが両手を広げていう。「でも、それをやったら、自分も罰《ばっ》されてしまう。だから、心にあることをそのまま口にするだけでいいんだ。あたしの場合、『あいつらを二度とあたしの家には入れない』、そういったのさ」アストリッドがかがみ、あたしのこめかみにそっと触《ふ》れる。

「この頭の中は、あんたの家だ。もし、あいつらがやって来たら、ドアを閉《し》めて、入るなっていえばいい。ここはおまえらの家じゃない、あたしだけの場所だってね」

目から涙《なみだ》がこぼれるのがわかった。「そうだね……」

見て見ぬふりをすればいいとか、無視《むし》したらいいっていってるんじゃない。アストリッドがいってることは、あたしが知りたかったことの答え。つまり、ものごとを正すのは、あたしの役目じゃないって。一人《ひとり》ひとりにわからせようとしたり、説得《せっとく》したりする必要はないのだ。

「おまえは特別な子だ」アストリッドが声を震《ふる》わせる。「あたしと同じでね。勇敢《ゆうかん》で強い。それがあいつらを不安にさせる」アストリッドがあたしの顔を両手で包みこむ。

「かつてあいつらがやったこと、あたしから大事なものを奪《うば》ったこと、そのかわりに受け取ったのが、キーディ、おまえだよ。人にはないきらめきを持ったおまえを目にし、おまえのすばらしい言葉の魔術《まじゅつ》を聞く、それが、あたしが受け取ったごほうびだよ」

あたしは、ずっとアストリッドの北極星だった。だれにだって北極星は必要だ。アストリッドもまた、相手の欠点や欠陥《けっかん》を、そんなものはないってつっぱねられる人間。アストリッドの目には、相手のすることなすこと、すべてが星のように輝《かがや》いて見えるのだ。

そこまで崇拝《すうはい》されると、思いあがってしまいそうなものだけど、あたしの場合、ほどよくバランスが保《たも》たれている。だれかにほどほどに愛されていると思うと、心にちょっとした安らぎも生まれる。

そのあとは、アストリッドの古いレコードをかけながら、楽しいおしゃべりに花を咲《さ》かせた。アストリッドはときどき同じ話をくり返したけど、気にならなかった。

帰る時間になると、アストリッドの肩《かた》に手を置き、そのやせたほおにキスをした。

「アストリッドと話してると、時を旅している気分になるよ。同じ話が何度も聞けてね」

涙《なみだ》ぐみながら、そっとささやく。またいつの日か、今日《きょう》の話を聞いてみたかった。

帰り支度《じたく》をし、部屋《へや》を出るところで、アストリッドの方をふり返っていった。

「アストリッドが永遠《えいえん》に生きられる方法を見つけてみせるよ」心からそう願った。

アストリッドが窓辺《まどべ》に座《すわ》ったまま、あたしにほほ笑《え》みかける。

「そんなことができる人間がいるとしたら、それはおまえだろうね。どんなことにだって、ちゃんと答えを出せる子だからね」

スピーチコンテストの日、あたしは図書館で最後の仕上げをしていた。

ダンカン・ジュニパーに対する印象《いんしょう》は、もともとよくはなかった。それには、子孫であるヒューへの反感も関係していたかもしれない。それが、調べてゆくうちに、いろんな事実がだんだん明らかになり、この村の創立者《そうりつしゃ》に対するあたしの評価《ひょうか》は、このうえなく落ちていった。

スピーチの要点を箇条書《かじょうが》きしていると、コホンと小さな咳《せき》ばらいが聞こえた。顔を上げると、ニナがそばに立っていた。

「はあい」あたしがぎこちなくいうと、ニナも「はあい」と返した。図書館にいるほかの子たちから見たら、きっと他人同士《どうし》に見えることだろう。

「座《すわ》ったら」とあたしがすすめると、ニナはとなりに座《すわ》り、スピーチの準備《じゅんび》をするあたしをじっと見つめた。

「発表は、昼休みのあとだっけ？」

「そう」

「ヒューとは別れたわ」

その言葉に、あたしは驚《おどろ》いた。そもそもふたりの関係が本当に「つき合っている」といえるのかどうかも疑問《ぎもん》だったから。どうも、あたしたちぐらいの年齢《ねんれい》では、「人前では相手によそよそしくふるまう」程度《ていど》の関係を「つき合う」というらしい。「つき合う」とは名ばかりで、じっさいは、子どもから大人《おとな》への過渡期《かとき》にある大きな子どもが、大人《おとな》のまねごとをしているだけのことだ。

「あの日のせいで？」

「理由はいろいろよ」ニナがおだやかに答える。

「あんなやつに、ニナはもったいないよ」あたしがいうと、ニナは苦笑いしていった。

「ヒューはずっとキーディに気があったのよ」

あたしは凍《こお》りついた。「ちがう。そんなわけない」

「いいえ、そうなの」ニナはちょっととがめるようにいった。

「あんなやつ、あたし好きじゃない！　ほんとだよ」そういって、ニナをじっと見つめる。

「わかってる。ぜったいに好きにはならないって」

あいつを好きにならない理由はいくらでもあげられる。まずヒューはいい人間じゃない。少なくとも今の時点では。二つ目、ニナとあたしが双子《ふたご》だから。三つ目は……。

「つぎは、もっとやさしい人がいいよ。おもしろくって、ニナの姿《すがた》を見ただけでうれしそうに笑って、いつだってニナの肩《かた》を持ってくれる人が」あたしは、思ったままをいった。

「そうね。双子《ふたご》のもう一方を好きになったりしない人がね」

「もし、あたしが男の子を好きになるとしても　あんなやつはぜったい選ばない」

思わず口をついて出た言葉に、自分自身びっくりした。ニナが相手だと、あらかじめ、なにをしゃべるか台本を用意しておくことがない。だから、そんな思いが自分の中にあることすら気づいていなかった。

ニナにだまって見つめられ、胸《むね》のあたりが、かあっと熱くなる。

「そうよね」しばらくしてニナがようやくいった。

気づくと、あたしはニナの手をにぎっていた。ニナはびっくりしながらも、すぐににぎり返してきた。

ニナの目をじっと見つめる。ニナが相手だと、目を合わせるのもつらくない。

ニナとはこの先も、たくさんケンカをするだろう。しゃくにさわるけど、あたしはニナのためなら、喜《よろこ》んで命を投げうつ覚悟《かくご》だ。

ニナはまばたきして涙《なみだ》をはらうと、明るくいった。

「まあ、これでもう、ヒューのたいくつな先祖《せんぞ》への気遣《きづか》いは無用になったわけね」

「ああ、その話だけど、あの先祖《せんぞ》は、ぜんぜんたいくつなんかじゃなかったよ。あ、でも、心配しないで。あたしは真実しかいわないから」

ニナは一瞬《いっしゅん》、ふしぎそうな表情《ひょうじょう》をしたあと、ふっと目をそらしていった。

「わたしたち、なにもかもめちゃくちゃにしちゃったね」

たしかにそのとおりだ。ふたりとも、おたがいの心を傷《きず》つける術《すべ》を身につけてしまった。

「プレゼント、開けたわ」ニナがしんみりといった。「三脚《きゃく》ね。撮影《さつえい》に使う」

「ブレまくってる動画なんて、見られたもんじゃないからね」そういって、あたしはスピーチの準備《じゅんび》にもどった。

「すごくうれしかった」

あたしは鼻をすすり、「よかった」と、ニナの方は見ないでいった。

「まさかわたしのSNS《エスエヌエス》を見ててくれたなんてね」

「ぜんぶ見てるよ。二回ずつね」あたしはニナをじっと見つめた。

とつぜんニナの目に、また涙《なみだ》があふれ出し、あたしはびっくりした。

「ねえ、ニナ。アディはあたしとおんなじだよ。気づいてるでしょ？」

「ええ。信じたくはなかったけどね。あ、誤解《ごかい》しないでね。キーディが思ってるような理由じゃないから」

「じゃあ、なんで？」

ニナは青白い顔で、ため息をつくといった。「だってふたりとも、今でもじゅうぶん仲がいいのに。これ以上仲よくなったら、わたしだけ仲間外れよ」

まさかニナの口から、そんな言葉が飛び出すなんて思いもしなかった。さらにニナはいった。

「クレイグさんに、羽交《はが》いじめにされたときのこと、覚えてる？」

クレイグさんというのは、二年前、あたしたちの世話をしに家に来ていた人のことだ。自閉《じへい》の子への接《せっ》し方《かた》がわからず、あたしを無理やり押《お》さえこもうとしていた。

「覚えてるけど」

「あのとき、なにが起こったかまで覚えてる?」

「クレイグさんに押《お》さえつけられて、そのままシャットダウンを起こしたから、ところどころしか覚えてないけど」

「そうよね。あのときね、アディがクレイグさんに飛びかかって、肩《かた》にかみついたの」

「ええっ! ほんとに?」あたしは信じられなかった。

「ほんとよ。父《とう》さんたちに口止めされたからいわなかったけどね。アディはキーディを守ろうとしたの」

顔にみるみる笑《え》みが広がるのがわかった。

「あの子は、みんなが思ってるより強いんだ」

「まちがいないわね」

「それにニナもね」

「わたしが?」ニナがじっと見つめる。

「そうだよ。ひとりになるのがこわくて、あいつらを友だちにしておかなきゃって思ってるみたいだけど。でも、そんな心配いらないよ。ニナは正しい人間なんだから、いつだって友だちはつくれるし、本当にやさしい子たちとつき合った方がいい。心からニナにやさしくしてくれる男の子とね」

「最近のわたし、キーディにやさしくなかったね」

やっぱりニナも感じてたんだ。毎朝目覚めるたび、まるで眠《ねむ》ってるあいだになにかが変わってしまったような、自分のからだが昨日《きのう》までとはちがうような感じがする。前より怒《おこ》りっぽくなって、すぐカッとしてしまう。双子《ふたご》の場合、相手と一心同体に思えることも多い。あたしは、ニナのいない人生なんて知らないし、知りたいとも思わない。

でもこの一年で、あたしとニナはべつべつの方向を向いてしまった。この先、ふたりが同じ方向を向くことはもうないかもしれない。

人っていうのは、木と同じだと思う。木は、光やそのほかいろんな要素《ようそ》の影響《えいきょう》を受けて成長する。木によってのびる方向もちがえば、途中《とちゅう》でねじれたり、変形したりもする。でも、木は木だし、それでいいんだ。

あたしとニナもそう。たとえのびていく方向はちがっても、地中深く根っこの部分ではつながっていて、人から見えないところでは、たがいにしっかり結びついているんだ。

「きっとニナは一流のインフルエンサーになるよ。でもね、ひとつだけ、あたしのお願い聞いてくれる？」

「いいけど。なに？」

「じょうだんだと思って聞いて」

めずらしくニナが鼻を鳴らす。あきれながらも、自分を笑わせようとしているとわかって、まんざらでもなさそうだ。「いいわ。いってみて」

「あたしがニナのSNS《エスエヌエス》のことをこき下ろすたびに、『愛してる』っていってると思ってほしいんだ。だって、本当にそうだから」

ニナがふふっと笑う。

「いいわ。それに、わたしがキーディの悪口をいったり、うっとうしいっていったりするときも、同じだからね」

「それも『愛してる』ってことなんだよね。ちゃんとわかってるよ」

20

スピーチの順番を待つあいだ、まるで自分の中でガチョウの群れが飛び立とうとしているみたいに落ち着かなかった。あたしの出番は最後だった。

ついにあたしの順番が回ってきたとき、校長先生はあたしの名前を呼《よ》ぶのをためらっているように見えた。ようやく先生が名前を読み上げると、大きな拍手《はくしゅ》でむかえられた。でも、前列に座《すわ》っているニナの仲間たちからの拍手《はくしゅ》はない。ニナと目が合うと、ニナはあたしをはげますように、小さくうなずいてみせた。

ルイス・グラハムがあたしににっこり笑いかけている。いちばん大きな拍手《はくしゅ》を送ってくれたのはエイプリルだ。いじめ退治《たいじ》を依頼《いらい》してきたほかの子たちも、みんなあたたかい笑《え》みを浮《う》かべ、あたしを見守ってくれている。それを見たら、自然と勇気がわいてきた。

「こんにちは」あたしは何百人もの顔を前に、おごそかにスピーチをはじめた。

「キーディ・ダロウです。これから、ダンカン・ジュニパーについてのスピーチをします。ダンカンはこの村を作ったひとりといわれています」

とうの昔に亡《な》くなった、過去《かこ》の人物に対するたいくつな賛辞《さんじ》を聞かされると思って、早々《そうそう》に目を閉《と》じている子もいる。

校長先生は、あたしが型《かた》どおりにスピーチをはじめたことに満足したようすで、うんうんとうなずいている。一瞬《いっしゅん》、このまま先生が喜《よろこ》びそうなスピーチを、最初に用意した方のスピーチをはじめようかと思った。いつどこで、なにがあったという史実《しじつ》を大まかに紹介《しょうかい》するスピーチだ。でも、そんなのあたしらしくない。たしかコンテストの出場受付のところにも、「自分らしく」と書かれた横断幕《おうだんまく》がかかっていた。それを破《やぶ》るわけにはいかない。

「でも、じっさいはちがいます！」

あたしがそういったとたん、校長先生から笑顔《えがお》が消えた。あたしが、なにかしでかそうとしていることに気づき、絶望的《ぜつぼうてき》な表情《ひょうじょう》で目を見開いた。

「彼《かれ》は、この村を作ったのでもなんでもありません。あたしたちからこの村を奪《うば》ったのです。ダンカン・ジュニパーは、もとはイングランド人で、次男の家系《かけい》の次男でした。地元での評判《ひょうばん》は悪く、記録では一六〇〇年代後半にイングランド南部の町からスコットランドに移《うつ》り住《す》んできたと記されています。そのころのジュニパーは、まだひとつの独立《どくりつ》した村で、エジンバラ市に組みこまれてはいませんでした。では、ダンカンはなぜ、この村に住もうと思ったのでしょう？」

その問いかけは、広い講堂《こうどう》じゅうをかけぬけ、今では全員があたしの言葉に耳を傾《かたむ》けていた。みんな、校長先生の不機嫌《ふきげん》そうな顔に気づき、つぎにあたしがなにをいうか、かたずをのんで待っていた。

「彼《かれ》はビジネスマンだったんだ」校長先生が不安そうな目で、ダンカンの胸像《きょうぞう》を見つめてつぶやく。

「ビジネスマン？」あたしはあざ笑うようにいった。「ちがいます。彼《かれ》がしたこと、それは魔女狩《まじょが》りです！」

講堂《こうどう》じゅうが息をのむのがわかった。みんな、驚《おどろ》いた顔で、あたしではなく校長先生を見つめている。講堂《こうどう》のうしろにいる歴史《れきし》のロス先生が、あたしにほほ笑《え》みかけ、「そのとおり」というようにかすかにうなずいた。そのとなりでは、演劇《えんげき》のラティマー先生が、そっと親指を立ててみせた。アリソン先生はまわりも気にせず、堂々《どうどう》と笑いかけている。

と、空気が変わった気がした。この場がただのスピーチコンテストではなく、もっと大きな意味をもったものに思えてきたのだ。古くからある川の流れを変えようとしている、そんな感じがした。その川底には、何世紀《せいき》ものあいだ川の流れをつくってきた大きな岩がある。かつては流れに合わせて自由に動いていた砂《すな》が、いつしか固まったものだ。

「ダンカンは、当時ジュニパーとその周辺の村ではやっていた疫病《えきびょう》を利用したんです。ロージアン地方の記録によると、この村の名前は、ダンカン・ジュニパーの〈魔女狩《まじょが》り〉での功績《こうせき》をたたえて〈ジュニパー〉となったとされています」

そのとき、前列の端《はし》に座《すわ》っている、あの先生の姿《すがた》が目に飛びこんできた。マーフィ先生だ。表面上はおだやかな顔をしているけれど、いつもあたしにだけ向ける怒《いか》りが、その目の端《はし》に宿っている。あたしはマーフィ先生を見すえるようにいった。

「でも、じっさいには、この村に魔女《まじょ》はいなかった。魔女《まじょ》なんていないんです」

一瞬《いっしゅん》、この場に、あたしと先生しかいないような錯覚《さっかく》に襲《おそ》われたけど、すぐにスピーチを再開《さいかい》した。

「ダンカンは、戦争で障《しょう》がいを負った帰還兵《きかんへい》についてもひどいことを記しています。あえてここでは読み上げませんが、資料《しりょう》に残っています。貧《まず》しい人たちに対する考え方も同じです。奴隷制《どれいせい》も積極的に支持《しじ》しました。ハイランド・クリアランス(小作人を強制的《きょうせいてき》に農地から追い出す動き)を推《お》し進《すす》めたことや、それに反対する人たちを処刑《しょけい》するよう主張《しゅちょう》したことも、すべて図書館にある資料《しりょう》に書かれています。こういう事実を知ったとき、あたしがどれほどがっかりしたか、おわかりでしょう? この村を〈発展《はってん》させた〉なんてうそです」

あたしは、ダンカンの胸像《きょうぞう》を見つめた。真っ白く塗《ぬ》り替《か》えられたばかりで、台座《だいざ》の上からにやけた顔でこっちを見ている。

「そんな人間を、なぜこの村はたたえるのでしょう?」あたしは自分自身に問いかけるようにいった。「なぜ? 当時の人は見抜《みぬ》けなかったのか? 今のあたしたちの方が、かしこくて良識《りょうしき》があるから? いいえ、ちがいます」

先生のひとりが、スピーチの終了《しゅうりょう》を知らせる鐘《かね》を校長先生にいそいそと届《とど》けている。持ち時間はまだたっぷり残っているのに、校長先生はその鐘《かね》を力いっぱい鳴らした。あたしは無視《むし》してつづけた。

「あたしがちょっとのあいだやっていた、いじめ退治《たいじ》代行サービスを、ほとんどの方はご存《ぞん》じでしょう」

手が震《ふる》えだすのがわかったけど、心を落ち着けてつづける。

「この活動をはじめた理由は、この学校にいじめがあるからです。いじめは、この学校にかぎったものではありません。どこの学校にも、どこの職場《しょくば》にも、どの町、どの村、どの国にもあります。そしてどの時代でも、いじめっ子たちが考えることは同じです。なんだと思います？」

だれも答えない。校長先生は鐘《かね》を鳴らすのをあきらめ、今度は音響《おんきょう》係の六年生にマイクの音を切るよう合図を送っている。でも、みんなあたしのスピーチに夢中《むちゅう》で気づかない。

「こう考えるのです。『だれも止めやしない』と。そうなんです。これが重要なポイントです。これまでに何度いじめに関する集会が開かれたでしょう？　そこで何度こういわれたことでしょう？　いじめをする人間は、自分の中に悲しみを抱《かか》えたかわいそうな人なんだから同情《どうじょう》すべきだと。なら、いじめられた側はどうなるの？　かわいそうじゃないの？　同情《どうじょう》する必要はないの？」涙《なみだ》が出そうになったけど、あたしはつづけた。

「いじめ退治《たいじ》代行サービスを立ち上げたことで、あたしは校長室に呼《よ》ばれました。そして学校は、いじめっ子たちを、いじめ対策員《たいさく》に指名し、いじめのお墨付《すみつ》きを与《あた》えました」

「そこまでにしておくんだ」校長先生はおごそかにそういうと、音響係《おんきょう》にマイクをオフにするよう指示《しじ》した。あたしはマイクから離《はな》れ、大声でつづけた。

「ひどいことをされたというと、なぜもっとひどい目にあわされるのでしょう？　なぜ悪いことをした人間が、後世にわたってずっと栄誉《えいよ》を与《あた》えつづけられるのでしょう？　ダンカンからひどいことをされた人たちはどうなるのでしょう？　なぜあたしたちは、自分が気に入った人間のいうことしか信じようとしないのでしょう？　あたしは自閉的《じへいてき》な人間のひとりとして、こううったえたい。人にもっとやさしくしよう、変わってるといわれる子たちを下に見るのをやめようと。相手の立場に立ってものを考え、当然だと思われていることに批判《ひはん》の目を向けてみようと。たとえそれが長年の伝統《でんとう》に逆《さか》らうことだとしても、あたしはやってみたい」

でも、せっかくのいいメッセージも、それを口にする人間がすばらしくなければ伝わらない。

「ただあいにく、あたしはすぐ波風を立ててしまいます。同じ自閉《じへい》でも、友人のエンジェルは心の広い、すばらしい人間です。つまり、エンジェルは、おだやかないいタイプで、あたしはやっかいな悪いタイプです。騒々《そうぞう》しいし、礼儀《れいぎ》をわきまえないし、がんこです。これでは、なにかを変えるなんて、とうてい無理です」

みんなは、おだやかなタイプの人間のいうことなら、安心して耳を傾《かたむ》ける。でも、あたしはそういうタイプじゃないし、そういう自分を変えるつもりもない。それでも、この先この村がどう変わっていくかは見守りつづけたい。あたしは、流れの中にちょっと足を置くための飛び石にはなれても、この曲がりくねった川の流れを変えられる人間じゃない。この村を変えることはできないんだ。

ニナと目が合う。あたしがにっこり笑うと、ニナもほほ笑《え》み返した。

「でも、アディにならできる……」あたしはだれにも聞こえない声でつぶやいた。

そのとき、あたしの中ですべてがつながった。エンジェルのお父《とう》さんがくれたアドバイス、校長先生が「もっといい、べつのやり方がある」といったこと。とつぜん、目の前がぱあっと開けた気がした。これまで色や模様《もよう》がうるさすぎてなんの絵だかわからなかったものが、一歩下がって見たら全体像《ぜんたいぞう》が見えて、なにが描《か》かれているかわかったような気がした。

「一人《ひとり》ひとりを正すのはあたしの役目じゃない。でも、あたしを必要としてくれている、たったひとりのために、できることがある……」

先生のひとりが校長先生に耳打ちする。「いったい、なんの話をしてるんでしょう？」

「さあ、もういいでしょう！」マーフィ先生がよそゆきの声でいった。

「ああ、まったくだ。さあ、今すぐ舞台《ぶたい》から降《お》りるんだ」校長先生もいった。

「つまりいいたかったことは」あたしは、用意した紙をくしゃくしゃに丸め、声を大きくしていった。

「あたしは、ろくでもないことをした人間をたたえることはぜったいにしない。たとえ、その人間のやったことが、伝統《でんとう》だ、遺産《いさん》だ、といって、ずっと受《う》け継《つ》がれてきたとしてもね。ただ、過去《かこ》を変えることはもうできない。変えられるのは、今このときからだけ」

「さあ、降《お》りるんだ。今すぐ！」校長先生が怒鳴《どな》った。

そのときとつぜん、スピーカーから大音量で音楽が流れだし、講堂《こうどう》内に響《ひび》き渡《わた》った。みんなびっくりして顔を見合わせ、あたしを見つめている。

ガンガン鳴《な》り響《ひび》いているのは、スティーヴィー・ニックスの『エッジ・オブ・セブンティーン』。大好きな曲を耳にし、あたしの心に火がつく。音響《おんきょう》係の方を見ると、スマホを装置《そうち》につないでいるニナがいた。あたしを見て、にやっと笑う。あれは、あたしのニナ。ニナがもどってきた。あたしのために、またこの曲をかけてくれている。

いきなり舞台《ぶたい》から飛《と》び降《お》りると、何人かがびくっとして飛び上がった。尻切《しりき》れトンボの終わり方に、拍手《はくしゅ》がぱらぱらと聞こえる。でも、もうあたしの頭は、べつのことでいっぱいだった。なにをしようとしているか気づいたニナが、あたしと合流する。耳に鳴《な》り響《ひび》くあの曲が、気持ちを奮《ふる》い立《た》たせてくれる。みんなあたしたちふたりには目もくれず、思い思いに動きまわっては、おしゃべりをしている。そんなみんなを席につかせようと、校長先生が躍起《やっき》になっている。

あたしは、ダンカン・ジュニパーの胸像《きょうぞう》のところまでくると、その背中《せなか》に手をそえ、前に押《お》した。台座《だいざ》から転げ落ちた胸像《きょうぞう》が、床《ゆか》にはげしくたたきつけられる。その大きな音に、講堂《こうどう》内の動きが止まる。胸像《きょうぞう》は鼻がへし折れ、肩《かた》に亀裂《きれつ》が入っていた。

「やったね」ニナとあたしの声がぴったりそろい、ふたりでからだをぶつけ合って笑う。

「今のは、破壊行為《はかいこうい》です！」マーフィ先生が声をおさえながらも、断固《だんこ》たる口調でいった。「器物損壊《そんかい》にあたります」

「いいえ、不慮《ふりょ》の事故《じこ》です。わたし、見てました」

落ち着きはらっていうニナを、あたしはまじまじと見つめた。ニナのいうことには、先生も生徒も異《い》を唱えないことを、あたしも本人もよく知っている。

ニナがマーフィ先生をじっと見つめる。そのとき、エイプリルの声がした。

「わたしも見てたわ。あれは事故《じこ》よ」

「手がすべったんだ。ぼくも見てたよ」ルイス・グラハムも加勢《かせい》する。

「偶然《ぐうぜん》、手が当たったんです」と、アリソン先生。

「だれだって、ミスはしますからね」ラティマー先生も横からいう。

「どのみち古かったし、引退《いんたい》のタイミングだったのかもね」と、ロス先生。

あたしをかばう生徒や先生たちを、マーフィ先生がじっと見すえる。目がぴくぴくしているところを見ると、怒《おこ》っているにちがいない。

いつのまにか、ヒューが目の前にいて、壊《こわ》れた胸像《きょうぞう》をぼうぜんと見つめていた。

「このぼくの先祖《せんぞ》の像《ぞう》を壊《こわ》すなんて！　気はたしかか？」

ヒューは、大音量で流れる歌に負けじと大声で叫《さけ》んだ。先生たちが必死になって音楽を止めようとするけど、どこをいじればいいのかわからず、スピーカーからはあいかわらずスティーヴィー・ニックスの歌がガンガン流れている。

あたしはヒューにさらりとこういった。

「ああ、ごめん。あの品の悪い像《ぞう》ね、壊《こわ》すつもりはなかったんだけど、ちょっと手がすべっちゃって。ほら、『女の子ってのは、しょうがないやつ《ガールズ・ウィル・ビー・ガールズ》』だからさ」

壊《こわ》れたヒューの先祖《せんぞ》の像《ぞう》を足元に見ながら、あたしはニナの手をぎゅっとにぎりしめた。

21

学校を出て歩いていると、ヒューが追いかけてきて、あたしの背中《せなか》に向かって叫《さけ》んだ。

「ぼくは、やさしくしたのに！」

「やさしく？」あたしは笑い飛ばした。「あんなの、やさしいとはいわないね」

「どういう意味だよ？」

「あんたは、あたしの親友のボニーをこわがらせておもしろがった。森でびしょぬれにされたときのこと覚えてる？　あれは警告《けいこく》だったんだ。でも、あんたは警告《けいこく》を無視《むし》して、ボニーや、ほかのなんの罪《つみ》もない子たちをいじめつづけた。だから、あんたのいう〈やさしさ〉なんて、ただの張《は》りぼてで、中身はすっからかんなんだよ」

「わかったよ。ごめん、これでいいんだろ？　きみの勝ちだ。悪かったよ」

「自分が傷《きず》つけた人たちにも、ちゃんとあやまって」

「ニナにふられたよ。知ってた？　きみのせいでね」

「自分のせいでしょ」あたしはヒューをにらんだ。「ニナがふったのは、あんたが鼻持ちならない人間だからよ」

「なんでそう、いつも、もったいぶった言葉を使うんだ？　変だぞ」ヒューが問いつめるようにいう。

あたしは言葉が好きなだけ。でもそれを、あいつにいう必要はない。言葉を使って自分を引き上げるのが好きなんだ。ロープや投げ縄みたいにね。

「みんなのいうとおり、きみは変人だよ」ヒューが冷たくいい放つ。「あの妹も――」

あたしが、顔から数センチのところまでつめ寄《よ》ると、ヒューはよろめきながらあとずさった。

「研究によるとね、自閉的《じへいてき》なタイプはそうじゃない人より力が強いらしいよ。ためしてみる？」

「いや、いいよ。こっちはただ、友だちになりたかっただけなのに」

「いいや、ちがうね。あんたは、あたしを友だちにしたかったんだ。『友だちになりたい』と、『友だちにしたい』は同じじゃないよ。あたしは、まわりの空気を読むのが苦手だけど、それでもいわせてもらうと、もし相手から好かれたいなら、相手が大切にしている人や物を大事にすることだね。あと、もしあんたがまた妹のアディのことで、なにかいおうもんなら、そんときは、あんたが盾《たて》にしてる先祖《せんぞ》の像《ぞう》とか、くだらないT《ティー》シャツ、子分たち、みんな蹴散《けち》らしてやるからね」

ヒューがはじめて納得《なっとく》したように、あたしを見た。ようやく頭の霧《きり》が晴れたように。

「は！　わかった、わかったよ」

気づくと、エンジェルがあたしたちを見ていた。エンジェルはヒューに軽蔑《けいべつ》のまなざしを向けたあと、あたしのことをあたたかい目で見つめた。

ヒューはそんなあたしたちを交互《こうご》に見たあと、小さく首をふって去っていった。

あたしの前から、あたしの物語から退場《たいじょう》し、記憶《きおく》の中へと姿《すがた》を消した。まあ、語る価値《かち》もない記憶《きおく》だけど。

スピーチのときの興奮《こうふん》はだいぶ落ち着いてきていたけど、エンジェルを前にすると、なんだか緊張《きんちょう》した。エンジェルはピンク色の髪《かみ》を編《あ》みこみにし、虹色《にじいろ》のダンガリーズボンをはいていた。自分の茶色の制服《せいふく》がつまらなく思える。

「今日《きょう》は学校、お休み？」

「金曜日はお昼までなの」

「そうなんだ。いいなあ」苦いものがこみあげてくるのをこらえ、あたしはうなずいた。

ふたりとも無言のまま、町に向かってゆっくり歩く。角を曲がって広場に出たところで、エンジェルが口を開いた。

「キーディが、アディのためにしようとしたこと、なかなかできないことだよ」

あたしは目の前に広がるジュニパーの村を、まるで一生出られない流刑地《るけいち》をながめるような気持ちで見渡《みわた》した。

生まれたときからずっと知っている人たち。五歳《さい》のとき、市場でメルトダウンを起こしたあたしを、あざ笑ったおばさんたち。牛に話しかけていたあたしを怒鳴《どな》りつけた農家の人。あたしが店内を見て回っているあいだ、はりつくように見張《みは》っている店主たち。

絵に描《か》いたように美しい村だけど、その絵の中であたしは浮《う》いて見える。

「ここから出ていく日が待ち遠しい」エンジェルが、あたしの考えを見抜《みぬ》いたようにいった。「十六歳《さい》になったらすぐ出ていく。キーディもそうしたらいいのに」

「それはできない。ここでやらなきゃいけないことがあるから」あたしはつぶやくようにいった。

「妹さんには、もっとお金のかからない、べつの学校があるよ」と、エンジェル。

「知ってる。ボニーが入れられた学校とかね。でも、あそこでは自分を無理やり変えさせられる。そんなところには、ぜったいに行かせない」

「なかには、いい学校もあるよ」

「でも、学校であることに変わりはない。学校っていうところでは、うまくやっていけないタイプがいるんだ。たとえ土台がシルクやビロードみたいないい素材《そざい》でも、あいている穴《あな》が丸い以上、四角い釘《くぎ》は収《おさ》まりっこないんだ。この村がアディにさせようとしているのはそういうこと。ただ、アディにはあたしがついている。闘《たたか》うときは、あたしがいっしょだよ」

そのとき、心が決まった気がした。この先も変わることのない覚悟《かくご》だ。

今、船は新たな方向へかじを切った。これはもう、あたしひとりの旅じゃない。新たな水平線を目指して、新しい航海《こうかい》がはじまったんだ。

エンジェルがちょっと悲しそうにほほ笑《え》んでから、ポケットからなにかを取り出した。

「これ、キーディにと思って」

差し出された手には、小さなペンダントがのっていた。8の字を横にしたような、無限《むげん》大《だい》の形のペンダント。エンジェルのダンガリーズボンと同じ、虹色《にじいろ》をしている。

「これを、あたしに?」

「そう。気に入るかなと思って」

「すっごく気に入ったよ！　ありがとう！」

エンジェルはたいしたことじゃないって感じで肩《かた》をすくめ、にっこり笑った。

踊《おど》るように自分の花屋へともどっていくエンジェルを見つめながら、あたしは思った。

これがエンジェルの生き方なんだ。永遠《えいえん》なんてものをあてにせず、だれかの人生にちょっと足を踏《ふ》み入《い》れては、またどこかへ抜《ぬ》けていく。この村も、エンジェルにとっては、向こう岸に渡《わた》るための飛び石のひとつに過《す》ぎないのだろう。

無限大《むげんだい》のペンダントをにぎりしめ、クレオの店、〈役立ち屋〉を目指す。カバンの中には、いじめ退治《たいじ》で集まったお金が入っている。その使い道は、もう決まっていた。

エンジェルの前だと、あたしはいつも言葉が出なくなる。頭の中がぐちゃぐちゃになって、どういえばいいかわからなくなる。だれだってこんな思いはしたくないはず。いいたい言葉がいつも見つかる方がいいに決まってる。だから、あたしは店に入った。

クレオの店で必要なものを買い、家に帰ると、父《とう》さんと母《かあ》さん、ニナは庭に出ていた。外が寒くなってきたのでそろそろ家に入ろうとしていたけど、あたしがこれからなにかしようとしていることに気づき、ひとりで家に入らせてくれた。

窓《まど》ごしにアディの姿《すがた》を見つけ、キッチンの窓《まど》を開けて足から中に入る。あたしに気づいたアディの表情《ひょうじょう》が明るくなる。最近では、こういうアディのちょっとした表情《ひょうじょう》の変化にも気づけるようになってきた。

「あたしの大事な人」

なにげなくいったその言葉が、まっすぐ矢のようにアディの心を射止《いと》めたのがわかった。

アディはハグがきらいで、いつもは人と距離《きょり》を置きたがるのに、あたしがすぐとなりにこしかけても、びくっとしたり、からだをよけたりすることはない。

「キーディ、スピーチはどうだった？」

アディは話の輪に入ってくることはなくても、家族の会話はすべて聞いている。

「あいつらをぎゃふんといわせてやったよ」あたしはにやっとしていった。「そうだ、アディにプレゼントがあるんだ」

カバンから取り出した茶色い包みを、アディは手にすることなくじっと見つめている。それから、あたしを見上げてこう聞いた。

「自閉《じへい》ってなに？」

その思いがけない質問《しつもん》に、胸《むね》が張《は》り裂《さ》けそうになった。たしかに唐突《とうとつ》だったけど、いつか聞かれるだろうとは思っていたし、いつ聞かれてもおかしくはなかった。

「アディ、自閉《じへい》っていうのはね……」

いうべきことは決まっている。自閉《じへい》とは、世の中をうまく理解《りかい》できない発達障《しょう》がい。感覚が敏感《びんかん》で、まわりの人とは感じ方がちがい、足並《あしな》みがそろうことはめったにない。つまり、三歩先を行くか、三歩おくれるかのどっちかだ。

うまくペースを合わせようと思ったら、あらかじめ相手の考えや反応《はんのう》を予測《よそく》し、頭の中に台本を用意して、練習しておかなくちゃいけない。そうやって何度も同じ状況《じょうきょう》を経験《けいけん》しておくことで、ようやくみんなに合わせられるわけだけど、ちょっとでも台本とちがうことが起こると、すべてが水の泡《あわ》になることもある。

自閉《じへい》でいると、運動機能《きのう》がうまく働かず、へたくそな字しか書けないことがある。自閉《じへい》でいると、頭に水がかかっただけで、パニックやメルトダウンを起こすことがある。自閉《じへい》じゃない人たちは、頭の中で勝手に話を作りあげる。たとえば、だれかとはじめて出会ったとき、相手の知らない部分を、まちがった情報《じょうほう》で埋《う》めようとする。だから、自閉《じへい》じゃない人たちはホラーが好きだ。相手が幽霊《ゆうれい》だと思っただけで、じっさいになにかされなくたって、勝手に物語をおぎなって、本気でこわいと信じこむ。そもそも幽霊《ゆうれい》は、人の妄想《もうそう》や恐怖《きょうふ》を投影《とうえい》した姿《すがた》に過《す》ぎないのに。

まあ、でもこういうことは、あたしがわざわざいわなくたって、アディもそのうち知ることになるだろう。医者からも、ほかの子たちとちがうことを、それとなくほのめかされるだろうし、そういう意味のないことを、あたしがあらためていう必要はない。アディに必要なのは真実、自閉《じへい》の人間にしか語れない物語だ。あたし自身が、だれからも教えてもらえなかったことだ。

「自閉《じへい》ってね、すごくすてきなことなんだよ」

アディの表情《ひょうじょう》が驚《おどろ》きに変わる。

「ほかの人が聞こえない音も聞こえるし、この惑星《わくせい》の、この世界の、とっても小さな部分まで見たり聞いたりできる。アディの脳《のう》はほかの人にはない、特別な輝《かがや》きを持った脳《のう》なんだ。ボニーも同じ脳《のう》を持ってる。花の香りを心から楽しみ、ほかの人には聞こえない花のメロディーに耳を傾《かたむ》けられる、人生で本当に大事なことに気づける脳《のう》なんだよ。試験や学校は、ボニーみたいな人にはなじまない。ボニーは人生のかくれたすばらしさを見つけ出せるし、その美しさを伝えることができる。それ以外になにを教わることがある？　エンジェルもそう。すごく頭が切れて、芸術的《げいじゅってき》センスが抜群《ばつぐん》で、かしこくて――」

「キーディは？」

夜、ときどき、仲間たちに思いをはせる。二十世紀《せいき》になる前、まだ自閉《じへい》という言葉が使われるようになる前に生きた何百万人もの仲間たち。

まだ人類が、洞窟《どうくつ》に暮《く》らしていたころ、うわさ話にではなく、ちょっとしたひらめきに心をときめかせた原始人たち。混《こん》とんとしたものに秩序《ちつじょ》をもたらそうとした古代の人たち。生活がもっとシンプルだったころ、ただ家族と木陰《こかげ》ですずんでいるだけでじゅうぶん幸せだとわかっていた人たち。詩人や画家、音楽家など、学校での評価《ひょうか》は低くても、紙面やキャンバス、舞台《ぶたい》の上で輝《かがや》く才能《さいのう》を発揮《はっき》した人たち。自分らしく生きるために生まれ、なにかの功績《こうせき》を残すことにしばられず、ありのままに人生をまっとうした人たち。地図製作者《せいさくしゃ》や暗号解読者《かいどくしゃ》、それに、つねに頭の中に方位磁針《じしん》を置き、進むべき方向を見失わなかった人たち。ほかの兵士《へいし》たちより敏感《びんかん》なのに、爆風《ばくふう》の中、前進しようとがんばってきた兵士《へいし》たち──彼《かれ》らにとって、もともとこの世は騒音《そうおん》の巣窟《そうくつ》で、だから動じなかったのかもしれない──。さらには、数学者たちや、いろんな悩《なや》みを抱《かか》えた人たち。そして、ちがいを受け入れるよりちがいを罰《ばっ》することが当たり前の社会を、だまって受け入れてきた人たちや、がんばって仮面《かめん》をかぶって、最高の人生を演《えん》じている人たち。

そんな人生を歩んできた多くの先達たちの息吹《いぶき》を感じたとき、あたしはさとった。アディには、その人たちのくやしい思いや恐《おそ》れを伝えてはいけないと。だから、あたしはこう答える。まるでふたりだけが知る大きな秘密《ひみつ》を打ち明けるように。

「もちろん、あたしだってすごいよ。キーディって最高だねって、みんないってない?」

せっかく灯《とも》った、かすかなきらめきをも消し去ろうとする、それが世の中だ。でも、あたしは、そのきらめきを、燃《も》え盛《さか》る炎《ほのお》へと育てていくんだ。

その答えに安心し、笑顔《えがお》になるアディ。あたしはあらためて茶色い包みを差し出した。

「クリスマスにはかなり早いけど、プレゼントだよ」

包みから出てきたのは、小さな本。その本を食い入るように見つめるアディ。

「これ、なに?」

「類語辞典だよ。言葉がたくさんのってるんだ。言葉ひとつにつき六つ、べつのいい方がのってる。これがあれば、いいたい言葉がきっと見つかるよ」

こっちは見ないけど、アディが喜《よろこ》んでいるのがちゃんとわかる。

そしてこのとき、自分がアディと距離《きょり》を置くようにしてきた理由がわかった気がした。たぶん人は、相手のことをよく知る前から、愛《いと》おしさを感じることがある。もしかすると、あたしはアディを愛するのがこわくて、距離《きょり》を置こうとしていたのかもしれない。理由はどうあれ、大事なことは、この先、あたしがアディから離《はな》れることはないし、どこにも行かないってことだ。

アディが、ぱっといすから降《お》り、その小さなうでをあたしの腰《こし》に回す。あたしもしっかり、でもアディが圧倒《あっとう》されない程度《ていど》に抱《だ》きしめ、その耳にそっとささやく。

「だいじょうぶ、あたしはいつだってそばにいるよ。あの類語辞典にも、あたしの名前を書いておいたよ。『永遠《えいえん》に』って言葉のとなりにね」

さわやかに晴《は》れ渡《わた》った土曜日、あたしたちは丘《おか》に座《すわ》っていた。左にはニナが、右にはアディが座《すわ》り、そのすぐ前にボニーが座《すわ》っている。イヤマフをしたボニーは、びっくりするほど上品に見え、道行く人たちが足を止めてボニーを見ていく。広場をゆくエンジェルとそのお父《とう》さんが、こっちに向かって手をふっている。

エンジェルのお父《とう》さんは、あたしが大学に進学できるよう、協力を申し出てくれた。家庭教師《きょうし》まで引き受け、時期がきたら願書にも目を通して、いつでも相談に乗ってくれるという。ダロウ家で、大学まで進んだ人間はまだいない。高等教育なんて、あたしには夢《ゆめ》のまた夢《ゆめ》っていわれてきた。でも、それも今では、もう夢《ゆめ》じゃないって思える。

大学へ行ったら、ファッションやアート、一流のデザイナーについての論文《ろんぶん》を書こう。メドウズ（エジンバラにある広い公園）の近くに、寝室《しんしつ》が二つあるアパートを借りて、アディといっしょに暮《く》らすんだ。ゴールデンレトリバーを飼《か》って、その散歩と花の世話をアディが担当《たんとう》し、あたしがふたり分の生活費《せいかつひ》をかせぐ。

ニナとボニーも、いつでも好きなときに泊《と》まりにこられる。あと、エンジェルもだ。エンジェルは、いつも近くにいるわけじゃないけど、また会える日が楽しみだ。

「キーディったらね、スピーチ大会をひっくり返しちゃったのよ」ニナがボニーにいう。

「そうなの?」ボニーがくるっとあたしの方を向く。

「なんのことをいってるのか、さっぱりだね」あたしがいうと、ニナとアディが笑った。

「すっごくお行儀《ぎょうぎ》よくしてたよ。いつものことだけど」

「だろうね」と、ボニーがからかう。

「そんなことといってると、ここから転がしちゃうよ」

あたしがうでまくりするふりして立ち上がると、ボニーがキャーッと楽しそうに叫《さけ》んだ。それを合図に、四人で丘《おか》の斜面《しゃめん》をかけ下りる。アディとニナと手をつなぎ、前をゆくボニーを追いかける。丘《おか》を下りきると、そのまま倒《たお》れこみ、みんなで笑い転げた。あたしはボニーにかみつくふりをし、アディはみんなから少し離《はな》れたところに移《うつ》ったけど、ずっと笑顔《えがお》のままだ。

あたしたちにとっての故郷《こきょう》、ジュニパーを見渡《みわた》す。この村の人たちは、あたしのことを、めずらしいタイプと呼《よ》ぶ。いい意味じゃないけど。そして今、アディが加わり、めずらしいタイプはふたりになった。

あのスピーチをしたとき、これまでの流れは変わり、船は新たな進路を取りはじめた。今、方位磁針《じしん》が導《みちび》くのは、これまでとはべつの方角だ。

あたしがしようとしたこと、それはこの村が変わるために必要な火薬をまくことだった。

そして今、村は点火されるのを待っている。

あと必要なのは、きらめきの炎《ほのお》だけ――。

ひとまず、ここでおしまい。

著者略歴
エル・マクニコル（Elle McNicoll）
スコットランド生まれの児童文学作家。最初の作品、『A Kind of Spark』（邦題『魔女だったかもしれないわたし』）で、ウォーターストーンズ児童文学賞、シュナイダー・ファミリーブック賞オナーをはじめとする数々の賞を受賞。同作はＢＢＣの教育チャンネルでもドラマ放映される。その後も、自閉スペクトラムなどのニューロダイバーシティ（脳の多様性）をテーマに、ＳＦ、ファンタジー、ロマンスなど、多彩なジャンルの作品を次々に発表し、高い関心を集めている。本書は、2025年カーネギー賞にもノミネートされている。著者自身も自閉スペクトラム症と診断されたニューロダイバージェント。ロンドン在住。

訳者略歴
櫛田理絵（くしだ・りえ）
滋賀県生まれ。早稲田大学法学部卒業。訳書に『ぼくとベルさん』（第64回青少年読書感想文全国コンクール課題図書）、『ぼくと石の兵士』『魔女だったかもしれないわたし』（第69回青少年読書感想文全国コンクール課題図書）（以上、ＰＨＰ研究所）、『図書館がくれた宝物』（第70回青少年読書感想文全国コンクール課題図書、第71回産経児童出版文化賞翻訳作品賞／徳間書店）、『ダンス・フレンド』（小峰書店）などがある。日本国際児童図書評議会（JBBY）会員。東京都在住。

ブックデザイン●bookwall
装画●toshimaru

魔女《まじょ》だったかもしれないわたし　キーディの物語
2025年１月10日　第１版第１刷発行

著　者　エル・マクニコル
訳　者　櫛田理絵
発行者　永田貴之
発行所　株式会社PHP研究所
東京本部　〒135-8137 江東区豊洲5-6-52
児童書出版部　☎03-3520-9635（編集）
普及部　☎03-3520-9630（販売）
京都本部　〒601-8411 京都市南区西九条北ノ内町11
PHP INTERFACE　https://www.php.co.jp/
組　版　株式会社PHPエディターズ・グループ
印刷所
製本所　TOPPANクロレ株式会社

ISBN978-4-569-88199-7

NDC933　238P　20cm